新潮文庫

天国からの道

星新一著

新潮社版

7754

目次

天国からの道

天国からの道

天国は長いあいだ独占企業だったので、天使たちはしだいに役人臭を帯びてきた。死んだ人間はほっておいても天国にやってくるし、競争相手の天国がほかにあるわけでもない。雑談しながらでもダラダラと勤務していさえすれば給料はもらえる。有給休暇はあるし、昇進もする。仕事といえばビクビクしながら地上からくる魂たちに威張りちらしていることぐらいだ。

だが、天使たちの欲はきりがなかった。ほかの星の天国に出張させろ、とか、太陽のカケラで作った勲章をよこせ、だのと勝手なことを言いだした。人のいい神様は、天地創造の時に働いてくれた天使のことだからと大抵の無理は聞き入れていたが、ある時、とうとう腹にすえかねた。

「なんだお前たちは。少しは昔のことを考えてみろ。昔は昇天してくる魂たちをみな途中まで迎えにいったものだったじゃないか。それが段々怠けはじめ、今ではだれひとり迎えにも行かない。そもそも天使の役目は何だと思う。地上で苦悩の人生を終えた魂たちをやさしく迎えるのが務めじゃないか。それなのに魂たちに威張りちらすわ、地上の経歴に誤りがあるといって書類をつっ返すわ、何ということだ。その上今度は怠けても首にしない約束をしてくれときた。もう許さん。わしはこれから地上に行って世界を破滅させてくる。どうだ。そうなると今後は天国に来る者がなくなってしまうのだぞ。もうお前たちには用がなくなる。天の川に行って土木工事だ」

天使たちはこれを聞いてあわてた。今まではいい気になっていたものの、新しく魂が来なくなると天の川に行って土木工事をしなければならない宇宙の規則を思いだした。失業した天使たちは神様の監督のもとで長いあいだ重労働に従事し、新しい世界を作り上げなくてはならないのだった。

「それだけはかんべんして下さい。これからは心を入れかえて仕事をしますから」

しかし神様は、この際よほどしっかり悪習を拭《ぬぐ》い去っておかなければならない、と考えた。

「いや、口先だけでは信用できぬ。お前たちの仕事ぶりはそう簡単にはなおるまい。地上を見てみろ。人間たちもお前らにあいそがつきて水爆をあんなに用意しているじゃないか。あれは自分たちの子孫をお前らのような者のいる天国に送るのがいやで、これで打ち切りにしようというつもりだぞ。わしが行って一言言えば地上はすべてお終《しま》いだ。新規まきなおしで出直させないとお前たちの怠けぐせはなおらんだろうからな」

神様はちょっとハッタリをきかし、地上におりかけた。天使たちはあわてふためいた。仕事を怠けすぎていたため、地上の調査がおろそかになっていて、神様のハッタリを見抜けなかった。目をこすって地上を見下すと、ところどころで爆発が起っていた。

天使たちはそれを見てますます驚いた。泣き出す者もあったし、神様の裾《すそ》にすがりつく者もあって、いつも魂たちに威張っていた勢いはなかった。

「どんないいつけにも従いますから地上をこわすことだけは待って下さい」

「どんなことでもするか」

神様はにやりと笑った。

「それならこうしよう。競争相手がなかったのがこの有様になった原因だ。今後お前たちを二組に分ける。魂を大ぜい天国まで案内してきたほうの組には褒美《ほうび》をだそう。魂のこなくなったほうの組は廃止だ。天の川の工事に行ってもらう。この計画に従うなら、わしもしばらく地上をこわすのを見合せよう」

天使たちは従わないわけにはゆかなかった。そして二組に分けられた。

「一方はガブリエルが社長だ。そしてもう一方はミカエルが社長だ。ガブリエル社の門はここに作れ、ミカエル社の門はあそこだ。不正な競争はするなよ」

神様は前から計画していたかのように、手ぎわよく指示を与えた。天使たちは二組に分かれてみると競争意識が生れてきた。負けたら大変だ。だが、どうしたものだろう。

ガブリエル社は天国に咲き乱れる花を集めて、門に大きなアーチを作り、歓迎の字を浮き出させた。ミカエル社は星屑《ほしくず》を集めキラキラと明滅させて魂を招こうとした。

神様はこれを見て、

「この調子なら少しはサービスも改善されるだろう。では、しばらく昼寝でもするかな」

と、神殿のなかの雲のベッドにもどっていった。

二社の宣伝戦は火蓋《ひぶた》が切られた。一方がマイクを取りつけ、

「よくいらっしゃいました。お待ちしていました。さあ、どうぞ」

と、声のいい女天使に喋《しゃべ》らせると、一方は上品なハープの音を柔かく流した。

長いあいだの独占企業はこのようにして改められかけた。だが、魂たちは依然として今までと同じように長い暗い虚空《こくう》を旅して天国にたどりつかなければならないのだ

った。だから魂たちは、

「なんだ入口を体裁よくしただけで、どうぞわが社へもないもんだ」

といった印象を受けた。そこで両社とも調査部を設け、魂たちの意見を聞き、相手を出し抜くサービスの方法を研究しはじめた。

ついにガブリエル社は大工事に手をつけた。虹《にじ》をひきのばし、途中まで七色の流れをつくり、銀色のボートを浮かべて、ミカエル社に行くお客を横取りしようという計画だ。これは大当りだった。暗い虚空の旅で疲れはてた魂たちが、虹の流れに浮かぶ銀の舟をみつけるとわれがちに乗り込むのも無理はなかった。ミカエル社のお客は全くなくなった。

「このままでは、わが社は破産だ。あれを追い抜かなければ天の川行きだ」

ミカエル社長は部下の天使たちを督励し、工事を急がせた。彗星《すいせい》の尾を長く長くひきのばし、ケーブルが張られ、それには金のケーブルカーがつり下げられた。この作業のほうが虹をひきのばすより工事が簡単だから、ミカエル社のケーブルカーはガブリエル社の舟を追いぬくことができた。魂たちは金色に輝くケーブルカーに乗り天国をめざす。天国につけばもちろんミカエル社の門につれ込まれてしまうのだった。

こんどはガブリエル社が追う立場に立った。技師の天使は虹を早く製造する機械を考案した。天使たちは長いあいだの怠けぐせで自分たちの能力がどれくらいあるのかわからなかったが、このように競争をはじめてみて相当なことをできるのを知った。

完成した虹製造機は輪転機のような形をしていて、虹の帯を作り出した。これを虚空に運べば、さざ波を立てる虹の流れとなるのだった。そしてミカエル社に追いつき、時には追い抜けた。

抜きつ抜かれつして、地上に少しでも近く、と工事は伸びた。だが、長さの競争だけではだめだった。ケーブルカーのお客の魂のうちには、窓から虹の川をユラユラさかのぼる舟をみつけて、

「あれに乗せてくれ」

と言い出す者もあった。この頼みには逆らえない。神様から、人間の自由な意志に任せて競争するように言われている。

「あれには乗れません」

と、止めると、あとで魂からこれを聞いた神様に、社の点を下げられるかも知れないのだ。

ガブリエル社はこれに目をつけた。虹製造機はできたものの、どうしてもミカエル社におくれ気味だった。途中でお客に移ってもらうことを狙《ねら》おう。そこで銀の船を大

型にし、豪華に飾り、天使の楽団は音楽を奏《かな》でつづけた。ケーブルカーの魂たちは、あれに乗るんだ、とケーブルカーを停めさせぞくぞくと船に乗りうつった。

ミカエル社は困った。静かな方がいい、とケーブルカーに乗りかえる魂もないことはなかったが少なかった。会議を重ね、根本的な改良工事に手をつけた。彗星をさらに集めモノレールカーに取換える工事をはじめた。これならスピードは充分だった。

ビュンビュンスピードをあげ銀の船を追い抜く金色のモノレールカーを見ると、船のお客は羨《うらや》ましがった。音楽もいいが、あとから死んだ連中が先に天国に行くのを見せつけられるのはたまらない。ミカエル社はスピーカーをとりつけ追い抜く時のお客たちの歓声を船に響かせた。天使の楽団もこれには太刀打ちできず魂たちはモノレールカーに乗りかえた。ガブリエル社は抗議をし、スピーカーだけは止めてもらったが、いずれにせよスピードにはかなわなかった。

ガブリエル社は対抗策をねった。何回目かの会議の時、一人の天使がすばらしい提案をした。天の川を凍らせようという案だ。さっそく天の川を凍らせにかかる一方、その上を走らせるスケートカーを建造した。スケートカーは凍った天の川を矢のように滑走しはじめ、失ったお客をとりもどせた。

これでスピードも大体つり合い、天国までの時間も短縮された。魂たちも、途中で乗りかえるのも面倒くさいと、途中の乗りかえをあまりしなくなった。よし、スピード競争ならジェット機だ、と両社では流れ星をつけた飛行機も作ったが、魂たちはそれにはあまり乗りたがらなかった。下手をすると事故に会うかもしれないし、底知れぬ闇《やみ》に墜落したら大変だ。ほうき星のレールも天の川もそれが天国まで輝いた道を示しているので安心感を与えているらしかった。

なにしろ少しでも地上近くで魂をつかまえることが先決だった。そして遂《つい》にレールも川も地上にとどいた。

しかし、生きている人間の目にはこれが見えない。天使たちのサービスがこんなによくなったことにはだれもまだ気がついていない。悲しみに包まれて人が死ぬと、その人はたちまち天使たちにとりかこまれて面くらう。

「どうぞ天国まではガブリエル社の車で」

「どうぞミカエル社の御利用を」

と、待ちかまえていた声に驚くのだ。

長い暗い冷たい虚空のなかを一人淋《さび》しく旅して行くのかと思って、家族たちといっしょに今まで悲しんでいた者の魂は夢かとばかり踊りあがって、

「どっちでもいいよ」

と相好《そうごう》をくずして笑いだすのだった。だが、これではその場にいた天使の強引なほうが勝つ。天使たちはそのための特別訓練を受け、強引な争奪戦がくりひろげられた。魂を前に天使どうしで殴り合い寸前まで行くこともあった。

これではいけない。ガブリエル社長とミカエル社長は会談し、この問題の解決を計った。だが、競争はしなければならず、暴力で奪い合うのもいけないという問題の結論はひとつしかなかった。

「人間たちの生きているあいだによく考えさせておいて、その判断に任せようじゃないか」

「よし、そうしよう」

遂に天使たちは生死の境を越え、つぎつぎと現世に現れた。それぞれ腕ききの宣伝員たちだった。

天使たちはこの世にとび出したのはいいが死を間近にした者を探すのに骨折った。だが、腕ききの天使たちのうちには確実に近く死ぬ者として死刑囚があることを探し出した者があった。そして処刑を数日後にひかえた者の独房を訪ねた。囚人は今さらじたばたしても仕方がないのでぼんやりと坐《すわ》っていた。その様子は悟り切った風にも見えた。その前に突然天使があらわれた。

「天国にいらっしゃるのでしたらどうぞミカエル社で」

と今までの口ぐせがつい出た。

「何だと」

囚人は顔をあげた。そこには子供ぐらいの背丈で背中に翼をつけた一人の天使がいた。

「何だろう。差し入れのキューピー人形かな。それとも恐怖のあまり幻が見えているのかな」

彼は一人言を言った。

「いやいや、ミカエル社の天使でございます。天国においでの折はぜひ当社の御利用を願います」

囚人は何が何だかわからないが、この世の思い出に天使と話し合ってみるのも一興と思った。

「いったいどこから来たんだ」

「こんど天国からこの世にお迎えに来ることになったのです」

「天国なんかあるものか」

「いえ、ありますとも。ちゃんと私がお迎えに来ているではありませんか」

「天国があるならどんな所だ」

「それはすばらしい……」

天使はあわてて口を押えた。まだ生きている者に天国の様子を喋ることは両社の協定で固く禁止されていた。そんなことを喋ったら、みな死にたがって地上の人口が減り、失業のおそれがあるからだった。この世に出たての天使はつい口がすべった。だが相手は死刑囚だ。この一語ぐらいならかまわないだろう。

「それは一寸《ちよつと》申し上げられませんが、いずれにしろ天国行きの際はぜひミカエル社で」

「どうもよくわからないが、どうせ近く死ぬんだ。そうしてやるよ」

「ありがとうございます。では当日お迎えにあがりますから」

「勝手にしろ」

天使はそこを切りあげ、べつな独房をつぎつぎたずね廻った。

囚人は天使の消え失《う》せた跡をみつめ、やっぱり幻だったのか、と思った。それにしてはミカエル社と連呼していたことが腑《ふ》に落ちなかった。だが、処刑の時。十三階段をのぼり切ると再びあの天使があらわれ、

「さあ、私の手を握って。ミカエル社ですよ」

と喋りつづけた。そのあいだに刑はすみ、死の世界に入ってみてはじめてわかった。

「ガブリエル社にどうぞ」

と言われても、手を生きているあいだからつかんでいる天使に、

「こちらはミカエル社にきまっておりますから。ねえ」

と言われると、うなずく以外にないのだった。

「出し抜かれたぞ」

ガブリエル社もさっそくその刑務所に宣伝員を派遣した。しかし、あとから割り込むにはさらに上手を行かなければならない。作戦を練ったあげく、その刑務所の牧師を訪ねた。

「牧師さん」

夜、十字架の前で聖書を開き、ひとり祈りをあげていた牧師は驚いた。目の前に天使があらわれたのだから。日ごろの信仰のおかげだな。彼は感激した。

「何か御用でございますか」

天使もそれにつられ、おごそかに言った。

「ここの死刑囚を天国に送る時はガブリエルに任せて欲しいのだ」

「いったい、何のことでございますか」

「天使ガブリエルの名を知らぬのか」

「いえいえ、存じております」

「処刑される者に、天国行きはガブリエルに任せれば安心だ、と伝えればいいのだ。何か不満でもあるのか」

牧師に不満のあるはずはなかった。実際のところ何とも慰めようのない処刑寸前の者にこのことを伝えれば、いくらか心を安らげてやれることにもなろう。私のむずかしい仕事に天使が手伝いにつかわされてきた。有難いことだ。

「いいか、ガブリエルだぞ」

「はい」

牧師は処刑の立ち合いの時に、

「ガブリエルを信じ、任せなさい」

と、くり返した。処刑される者はとまどった。ミカエルと言われていたのが、こんどはガブリエルになった。しかし、天国のことは牧師さんのほうが詳しいはずだ、と考える者も出てきた。そして、死ぬとたんに聞く、

「ミカエル社へ」「ガブリエル社に」

との声に応じ、

「ガブリエル」

と叫んでしまう者もあった。するとガブリエル社の天使は、

「このかたはわが社」

と凱歌《がいか》をあげ、スケートカーにつれ去る。ミカエル社はくやしがった。

「あの牧師をこちら側につけろ」

ミカエル社は非常手段を使った。牧師が神経痛で悩んでいることを知り、天国製の良薬を贈った。信仰の力でも神経痛を抑え切れなかった牧師は喜んだ。だが、様子を知ると、どちらの専属にもなるわけには行かない。

「ではこうしましょう。一回置きにミカエル社と伝えましょう」

牧師はこう答え、そのようにした。神経痛の治ったことはもうけものになった。

一方ガブリエル社も独房めぐりをはじめ、天国の花をとりよせ配ってまわった。もちろん囚人のなかには、

「天国行きよりまだ生きていたい」

と言う者もあった。しかし天使は、

「どうもこの世の法律まで手を出すわけには行きません。それは無理です。あきらめ

てガブリエル社にお任せなさい」

と答えた。

天使のあらわれはじめた噂《うわさ》はひろまっていった。いったい、そんなことがあるのだろうか。

世の中は、権威のある人が意見を発表しないうちは何も信じない人間の多い時代だった。そのため、報道関係者はニュースにくっつける意見を持っている学者を探した。しかし、大学には天使研究者はいなかったし、民間のマニアでは肩書不足だった。グズグズしている者をよそに天使はあちらこちらにあらわれ、既成事実となってしまった。そして、様子がわかってみると天使のサービス合戦だ。商売争いはニュースとしてはとりあげにくい。大学の学者たちも、宣伝戦にまき込まれては、とあわてて手をつけた天使の研究を中止した。

それに天使たちは害になるようなことはしなかったし、又多くの人は、当分天国には用はないさ、と思っているので、ひとしきり噂になったあとは天使の出現にもなれてきた。

天使たちは刑務所を手はじめに宣伝戦をはじめたが、死刑囚の数は知れていた。次に狙われたのは病院の患者だった。争って死期の近い老人や病人の枕《まくら》もとにやって来た。

「ぜひガブリエル社に」「いえ、サービスの良いミカエル社に」

だが、心配げにつめかけている家族は怒った。

「何だ。縁起でもない。ガブリエルなどとっとと失せろ」

これに対して、

「まあ聞いて下さい……」

と説明しかけても無駄だった。

「まだこの病人は死にはしないよ。たとえ死んだってお前の社にはたのまないよ。ねえ、そうでしょう」

と病人に話しかけ、却《かえ》って逆効果になりやすい。死刑囚の時のように行かなかった。

両社はそれぞれ会議を開き、この結果を検討し、どうやったら反感を抱かせずに自分の社につれこめるかを研究した。そして、焦《あせ》ってはだめだ、と結論を下し、本社に人員と資材を送るよう連絡した。方針は変わった。

病院に花を運び、虹《にじ》のような壁紙で室《へや》を彩《いろど》ったのはガブリエル社だった。一方のミカエル社は病院の電球を星屑《ほしくず》の印象を与えるようなものにつけ代えた。夜になるとこのランプは蛍のように清々《すがすが》しく光りはじめ、光は壁や花の色を意地悪く消した。その上、そのランプは光りながらハープの音を出すのだった。

ガブリエル社は天使を増員し、夜は家族や看護婦に代って甲斐甲斐《かいがい》しく看病しはじめた。病人は我儘《わがまま》なのが多いが、天使はよく仕え、家族を感激させた。こんなに世話していただいて死ぬのなら仕方がない。まあ死んだ時はガブリエル社にお任せしよう。こんな気分になるのも尤《もっと》もだった。

ミカエル社もこれを指をくわえて見ているわけには行かない。だが、私にもお手伝いを、と言ってすっかり信用を得ているガブリエル社にとって代るのはむずかしい。そこで一策を考え出した。モノレールカーの天国から地上までの空き車を利用し、薬をとりよせたのだ。

「お手伝いは御遠慮しますが、このお薬を使ってみて下さい」

病人たちはそれを飲み、長くはないと思われていたのがたちまち見違えるようになり、退院する者までもでた。

「ミカエル社のお見舞はよかったわね。ガブリエル社は親切ごかしに手伝っているけど、じつは死ぬのを待ってたのじゃないかしら」

「本当に寿命がきた時はミカエル社にお願いすることにしよう」

病院はしだいにひまになり、ガブリエル社の今までの努力は水泡に帰した。

「あんなことをされては困るじゃないか」

とガブリエル社は文句をつけた。

「だが、人間はいつか死ぬものだ。わが社は場当り式の商売じゃなくて誠意あるサービスでお客さまに来ていただくのさ」

ミカエル社はこんな風に答えた。

「よーし。今にみろ」

ガブリエル社は奮起し、宣伝戦は烈《はげ》しさを加えた。

病院以外の場所にも舞台はひろがった。まず交通事故の犠牲者を奪い合った。天使たちは交通のはげしい地点に陣取っていて、ガチャンという音を聞くと、それっとばかりとびつき、ミカエル社、ガブリエル社と連呼をはじめる。だが、事故はいつ、どこで起るとも知れず、それを待っているのは退屈でもあり、能率のあがらない仕事だった。

天使のある者はスピードをあげすぎた車や酔っ払い運転の車をみつけると上を飛びながら跡をつけた。もうすこしだ。あっ、惜しい。そらっ。ハラハラしているうちに事故が起ると天使はいそいそと舞い降りる。

だが、二社の天使がいっしょに同じ獲物の跡をつけはじめるとゴタゴタが起った。

「ずいぶんお酔いですね。危険ですから運転を代りましょう。ミカエル社の天使です」

と運転を代って、上を飛ぶガブリエル社をくやしがらせることもあれば、

「なんだと。ちっとも酔っちゃあいねえ。ミカエル社なんかのおせっかいはいらねえ」

と、追い出されることもあった。追い出されて間もなく事故が起これば、もう一方の社は思わぬ拾いものをすることになる。

虚々実々のかけ引きだった。だが、他社の名前を使って酔っ払いを怒らすわけにはいかなかった。天使の翼には蝶《ちょう》のように大きくその社のマークがついているのだから。ガブリエル社は花と虹の組合せで、ミカエル社はハープと星の組合せだった。

しかし、交通事故の死亡者の数は知れていた。船の沈没などは滅多にないし、汽車の転覆やバスの転落はいつ起こるか予想がつけにくい。病人の場合も病院のようにまとまっていないと全く扱いにくい。あっという間の脳溢血《のういっけつ》や心臓麻痺《まひ》ではどこで起きるものやら見当がつかない。結局このようにして世を去った患者たちは、依然として

死んでから大さわぎの取り合いをされるのだった。

この連中を大きく我が社に取り込まねば相手を引き離せない。もっと大がかりな宣伝をしなくてはならない。ひとつラジオでも使ってみようか。まずガブリエル社が思いついた。

有数の民間放送局ラジオA社の幹部はとつぜん天使の訪問をうけて面くらった。

「何か御用ですか。まだ天国行きには早いつもりですが」

「ちょっと広告をお願いしたい」

「天使の広告とは……。だが、私共も商売ですからそんな道楽をするわけにはいきませんよ」

「いやいや、料金は払う。これでどうだね」

天使は羽につけていた小さな袋を外し、なかからルビーとエメラルドをザラザラ取り出した。

「天使がそんなにお金持とは知りませんでしたね」

「なにしろ後には天国が控えているしね。それに、こんな物には代えられない競争さ」

「では、大いに御利用下さい」

話がきまってガブリエル社は大スポンサーになった。この金払い振りを見たラジオA社の幹部は言った。

「どうです。この放送局全部をお買いになったら」

テレビ攻勢にやられて経営が思わしくなくなったことはかくしていた。

「いずれはそうするかもしれない」

と、天使は答えた。間もなくガブリエル社提供の番組が流れはじめた。

ガブリエル、ガブリエル、きらめく虹の流れを滑り、みんなで楽しくガブリエルで行こう。

こんなテーマソングと共に「花のマークのガブリエル社の御利用を」とコマーシャルが入った。だが、番組は天国には何の関係もなく、普通の歌謡曲やドラマだった。天国のことを喋《しゃべ》るわけにはいかないし、あまりくどくなって当分死なないつもりの人びとの反感を受けないように考えなければならなかったから。

ミカエル社もこうなるとラジオ広告をやらざるを得ない。ダイヤやサファイヤをとりよせ、ラジオB社のスポンサーになり、
ミンミンミカエル、ピンポンパン
といったリズミカルなソングと「星とハープのミカエル社へ」とコマーシャルを流

した。そして、それぞれ時間を拡張し、A社とB社はついにラジオ・ガブリエルとラジオ・ミカエルになってしまった。

しかし、テレビ界は大繁盛《はんじょう》で一気に放送局ごと手に入れるわけにはいかない。テレビ側としても経営が容易だからといって、天使たちに番組全部を明けわたすつもりはない。

天使たちもはじめは週に二回ぐらいずつ番組を取った。ガブリエル社は野球中継を取った。

「あっ、間一髪アウト。ゲームセット。みなさま、人生のゲームセットの際には是非ガブリエル社で」

ミカエル社の提供はスリラー番組だった。

「ここでちょっとお休みを。ところで、あの被害者も今ごろはミカエル社の金の車で天国に行っているでしょう。次の天国行きはだれでしょうか。では、ごゆっくりごらん下さい」

それぞれこんな具合にやっていた。

宣伝戦はもっと実質的になっていった。ミカエル社は街頭でマッチを配った。レッテルには星とハープのマークが刷られ、軸には特殊な火薬が少ししみ込まされていて、火をつけるとハープの音が鳴った。

　ガブリエル社は七角の鉛筆を配った。もちろんそれぞれの面は虹の色に分けられて彩られていた。

　また、サービスのひとつとして結婚相談所もはじめられた。恋人は欲しいがインチキ相談所は困る。天使のやることなら大丈夫だろう。若い、まじめで、ちょっと内気な男性や女性が押しよせた。これは天使の得意とすることだった。見事にさばいて、たちどころに適当な一組を作りあげ、その男女には見えない矢をそれぞれの胸に打ち込むのだ。矢は天国の春霞《はるがすみ》のエッセンスでできていた。天国には矢を作る工場が作られ、製品は下り車でぞくぞく送られてきた。

　できあがった一組は夢のような恋愛に入り、やがて結婚する。だが、折角作りあげてみたどの組も、愛の生活に夢中でどっちの社のおかげだったかはすっかり忘れられてしまうのが多かった。しかし、人間は死ぬ時にはたのしかった若い頃のことをフッと思い出すそうだ。そんな時にはわが社のこともついでに思い出してくれるだろう。天使はこんな風に考えてサービスにはげんだ。

　天使たちは熱心にサービス競争をつづけた。心配していた原水爆もサービスの進むにつれ、人間たちのこれを使って世界と子孫を破滅させようとする動きはおさまっていくように見えた。しかし、実際は天使のとつぜんの出現とこれにつづくサービス合戦に人々はあっけにとられ、しばらくは戦争どころのさわぎではなかったのだ。

だれも天使のサービスを喜んだ。だが、これを面白く思わない者もあった。その一人に医者のタンがいた。彼はもともと計画性のある性格だった。高校の頃から安定した職業のひとつ、医者になろうと志し、やっと開業にこぎつけたところだった。そこに天使の出現だ。重病人は病院からいなくなった。時々来るのは命に別条のない患者ばかりだ。

同業者たちは天使たちにかけ合って補償を取った。天国に行く時にはその社を利用する、と約束すれば補償がもらえた。だが、タンは補償を受けなかった。計画性のある人間のうちにはひとの世話になるのを潔《いさぎよ》しとしない性質を持つ者が多い。天使のやつめ、ひとの一生の計画をめちゃめちゃにしやがった。なんとか一矢《いっし》むくいてやりたい。タンは計画をねった。

だが、天使相手に喧嘩《けんか》をしてみてもつまらない。ひとつ、二社をうまく操ってやりこめてやろう。それにはどうしたら。新しい宣伝用の器具の考案だ。これができれば二社が争ってとびつくだろう。

タンは病院のひまなのを利用し、脳の研究に熱中し、ついにひとつの器具を完成した。それはユメミキ、つまり夢を見せる器具だった。

これは枕《まくら》になっていた。寝る時にこれを用いると夢が見られる。頭を枕にのせれば古い子守唄《うた》のようなメロディーがただよいはじめ、それに聞き入っているうちに眠りに落ちる。すると内部の配線によって脳波が調節され、朝まで楽しい夢が見られるのだった。乾電池一個で一年は使える。

「われながらうまくできたな」

彼はこれを持ってガブリエルとミカエルのサービス社を訪れた。

「これは特許を取ったばかりの品ですが、ちょっと面白いでしょう」

タンは詳しく説明し、権利を売るとも言わずに帰ってきた。案の定、両社の天使はあわてた。

「あのユメミキはそうとうな宣伝効果をあげる。相手の社にとられたら一大事だ。急げ」

天使たちはタンの家ではち合せをした。だが、ゆずるわけにはいかない。

「ぜひガブリエル社におゆずり下さい」

「ミカエル社はもっと高く買います」

タンはにやにや笑い、

「まあ、少し考えさせて下さい」

と、返事を渋ってみせた。だが、天使たちはその日から泊まり込みのような形になり、価格はうなぎ上りとなった。彼はこの気分を味わいながら一生過せたら申し分ないと思った。しかし結論はのばせない。あまりグズグズすると、あいつは商売がうますぎるといった嫉妬《しっと》めいた非難をうける。タンはやはりインテリだったし、大衆の評判も考えた。もっとも天使をいいかげんからかって、大分うっぷんを晴らしたせいもあった。

さてどっちに売るかな。彼は結論を下そうとした。だが、毎日の札束攻勢でいささか金銭についての価値判断がわからなくなっていた。なんだか金銭に価値がないように思えてきた。そこで、つい、

「金なんかではだめだ。一生使える奴隷《どれい》をよこせ」

と、口走った。一瞬さわいでいた天使たちは静かになった。天使が人間の奴隷になるわけにもいかず、人間のなかから雇おうとしても、あまりなりたがる者はいないだろう。

「どうだ」

調子にのったタンの声に応じて、ガブリエル社の天使が言った。

「よろしゅうございます」

タンはこうあっさり言われるとは思わなかったが、こう答えられると承知しないわけにはいかない。話はきまった。

ガブリエル社は前々からひそかにロボットの研究をしていた。天国に来た科学者たちの魂にたのんで知慧《ちえ》をかりていたのだった。学者たちは生きていたうちに学んだことを全部天国に運んでくれる。地上では残った弟子たちがその何分の一かをうけつぎ、研究をつづける、といった非能率な状態にあった。だから天国のほうで先にロボットができたとしても不思議はなかった。

ロボットと言うとギコチない機械製ピエロといった風に考えるがガブリエル製のはすばらしい美人だった。

つれてこられたロボットに向かってタンは言った。

「給料はやらないよ」

「結構でございます」

「食事もやらないよ」

「結構でございます」

時々天使がまわって動力を補給しにくるのだ。タンはロボットと知っていささか気抜けした。それに美人のロボットにこう従順に出られると面白くなかった。美人はお高くとまっているのがふさわしいのに、こう従順ではメロドラマ映画のように空々しかった。そこでまた口がすべった。

「愛してやらないよ」

「結構でございます」

タンは予想に反してあまり勝利感を味わわなかった。だが、一方ガブリエル社の人気はでた。ユメミキを手に入れ、ロボットの存在を明らかにしたのだから。

ガブリエル社は工場を買いとり、ユメミキの生産に着手した。天使の出現で生じた失業者を雇い入れ、生産はしだいに軌道に乗った。価格は安かったが売れ行きがよかったので採算はとれた。大衆は争って買い、夢を見た。その夢のどこかにはガブリエル社のマークの花があらわれた。テレビメーカーがテレビを売りつけ、それを使って自社の宣伝を見せるのと同じに一挙両得の方法だった。

この有様を見てタンはくやしがった。腹立ちまぎれにロボットをこき使おうとした。掃除をしろ。食事を作れ。タバコを買ってこい。だが、命令はすぐに種切れになった。現代の人間は奴隷の使い方を知らないらしかった。これに比べて古代の王様たちは愚にもつかないことに大ぜいの人間をかりたてることがうまかった。だが、文明の進歩はそのような能力を人間から奪っていた。タンにしても庭に椅子《いす》を置いて、パイプでもくわえ、

「おい、池を掘れ。木をそばに植えろ。よし。ではそれをもとにもどせ。こんどは山を作れ。それに滝を作れ。滝をもう少し右に移してみろ。いや、やはりもとのほうがいい。よし。では全部平らにして芝を植えろ。ちょっとゴルフの練習をしたくなった」

と、いった工合に命令し一日を過せばいいのだが、そんなことを面白がるセンスもないし、第一それを考えつく能力がないのだった。タンは玄関のベルを外し、ロボットに玄関番をさせた。ベルを外すぐらいのことを考えつくのが精一杯だったのだ。彼は気が抜けたようになり、一日中ユメミキを枕にうつらうつらして暮した。食事を作れ、と言えばロボットは食事を作った。食事はガブリエル社が提供していた。ユメミキの利益からみればそれくらいはたかが知れていた。

タンのこんな変りようを見てくやしがった女性があった。タンの病院につとめていた薬剤師のミムコだった。タンと結婚するばかりになっていたのにこの有様だ。だが、ミムコはタンをうらまない。彼女はタンをこんな風にしてしまったガブリエル社に復《ふく》

讐《しゅう》してやろうと考えた。それにはユメミキを無効にするようなものを作ってミカエル社に持って行こう。

ミムコは薬品に関する知識を傾け、実験を重ね新しい香水を作った。それはすばらしいものだった。ミカエル社は資本を出し、新香水ハープは市販されはじめた。

男も女も使った。金色のモノレールカーの形をした容器をちょっと押すと、ハープの音と共に真珠色の小さな霧が立ちのぼる。その匂《にお》いは春の暁のような甘いとろけるかおりだった。鼻を近づけて霧を吸うとあくびがでる。二回吸うとぐっすり眠れるのだ。

たちまち流行し、だれもこの容器をポケットに入れ持ち歩いた。人前のあくびも流行となってみると悪くはなかった。虚飾に包まれた若い女性が一瞬あくびによって虚飾ゼロの状態になるのはすばらしく魅力的だったし、謹厳な紳士がその瞬間に見せる人間的親しみも悪くはなかった。世の中はますます和やかになった。

そして夜。どんな寝つきの悪い者も、ハープ香水の霧を二吹き吸えばグッスリ眠りに入れた。寝つきのよい者も、ひる間の疲労を全部口からはき出してしまうようなあくびと、それに続く眠りに吸い込まれる快感には抗し得なかった。しかし、この眠りは深すぎてユメを見ることができない。ミカエル社のつけ目はここにあった。

「ひと吹きアーア。ふた吹きグー」

という効能でハープ香水は流行し、ユメミキの威力はいくらか減りはじめた。

ミムコは毎日ただでハープ香水が使えるのでいい気になり、一日中あくびをつづけた。あくびをしながら考えると、ガブリエル社をやっつけたことに気がついた。また、タンの気の抜けたような生活もわかるような気がしてきた。ついにタンの家に行き、ズルズルと結婚生活に入り、安楽な生活を送るようになった。

ミカエル社は勢いにのって更に新製品を送り出した。水道の蛇口、ガス台、スイッチなどを作った。家庭へ流れ込むものの出口を押えようというわけだ。この新製品はごく安く売り出された。だが、安いと言っても売るからには何か便利なところがなくてはならない。これらは手を使わなくてもいい点に特長があった。例えばガスの栓に向って、

「ミカエル。ガス」

と、いえば火がつくし、

「ミカエル。よし」

と、言えばとまる。水道も電気も同様だった。しかし、テレビのスイッチはちょっと変っていた。

「ミカエル。テレビ」

と、言えばつく。しかし、ミカエル社提供の番組にスイッチが入る。ほかのを見ようとすればやはり手を使わないとならなかった。

人々はこれを争ってとりつけた。タンがロボットを天使から巻き上げたのを羨《うらや》ましがっていた人が多かったのだ。タン自身はそれほどではないにしろ、人々は命令する楽しみを味わいたがった。そして口々にミカエル社の名を呼び、口ぐせとなり、寿命がつきて天国に行く時ミカエル社を利用する方が多くなっていった。

両社の競争は一刻も手を抜けなかった。ガブリエル社もユメミキの生産で安心していて、大きくはなされかけた。いよいよ、ロボットを大量生産しなければならなくなった。工場を建設し、人員も集めた。だが一番苦心したのはロボットの顔だった。男は美人のを欲しがり、女は美男子のを欲しがった。どっちにきめても問題は起る。調査統計を重ね、サンタクロースに似たものになった。家庭に置いてもこれなら無難だ。女性がサンタクロースに熱を上げることも、男性が嫉妬することもない。子供はターザンのようなのを欲しがったが、べつにサンタクロース型でもいやがりはしなかった。

「とうとうサンタを買わされたよ」

「とっても便利ですわね」

「サンタとチャンバラごっこをすると面白いぞ」

こんな上流階級の自慢話ではじまったガブリエル社のサンタロボットも、たちまち月賦販売組織に乗り、安売り屋があらわれ、普及していった。

ガブリエル社は各家庭に大きく食い込んだ。サンタロボットを使うにはガブリエルと呼ばなければならない。

「ガブリエル。酒のかんをしろ」

「ガブリエル。風呂《ふろ》をわかして」

蛇口やガスに向ってミカエル社の名を呼ぶ役目はロボットがひきうけ、人間たちの口にする名はガブリエルの方が多くなった。

こうなるとミカエル社も何かしなくてはならない。だが、万能のサンタロボットに代るものはなかなかない。人間の一日の生活を詳しく調査してみた。ロボットを手に入れた人間たちはできた暇をテレビを見ることに費していた。ではテレビの改良だ。

ミカエル社の新製品、メガネ式テレビが完成した。眼鏡のように目にかければテレビがうつる。もちろんカラーだし、画面も広くなった。それに立体的にも見える。そして両耳にイヤホーンをつければどこにいても立ちどころに全くの別世界にうつれるのだ。テレビとしてはこれ以上のものは考えようがなかった。

ミカエル社はこれで大きく出し抜いたつもりだったが、そうはいかなかった。ミカエル社の番組だけでなくガブリエル社の番組も見えるようにしろ。この大衆の要求を拒むわけにはいかなかった。しかし、チャンネルの切りかえにはミカエル社の名前を呼ばなくてはだめな仕掛けはつけた。

人々はこれをつけて出勤した。通勤電車のなかではみな目にこれをつけ、笑ったり、泣いたり、ハラハラしたりしていた。それはちょっと異様な感じだったが、お互いにそんな姿を見合うことはなかった。もっとも、ひとつ不便はあった。下車する駅を通り越してしまうことだ。だが、間もなく装置がつけられ、下りる駅になるとメガネ式テレビの画面に駅名がうつるようになってきた。

人々は勤務先についてもそれを外したがらなかった。これにも間もなく解決がついた。サンタロボットをつれて勤務先に行けばよい。そして、ひと通りロボットに仕事を教え込めば本人は出勤しなくてもよくなった。上役はこの有様を見て驚いたが、仕事は本物の社員たちよりもよくやった。間もなく上役もロボットになり、サンタロボットたちはその上役からもらった月給を忠実に家に運んだ。

ガブリエル社の天使たちはこんなことに使われるとは思わなかったので少しあわてた。だが、もう手おくれだった。ロボットにロボットを作らせることをはじめかけたのがあらわれたのだから。

人間たちはロボットがどんなに働いているのかを気にかけなくなった。メガネ式テレビをつけて一日中過し、食事や風呂は、

「おい、ガブリエル」

とロボットに命令すればよい。人間はしだいに動かなくなった。金銭にも執着しないし、食事にも贅沢《ぜいたく》を言わなくなった。メガネ式テレビをつけての食事ならどんな物を食べてもあまり違いはないのだった。旅行もしなくなった。いながらにして実際と同じ光景が見られるのにわざわざ出かけて行く必要はない。むしろ、いつも天気のいいだけ便利だった。

だれも同じ生活をしているという安心感は、へんな野心や虚栄心を消し去った。

天使たちにとって問題は番組製作のことだけだった。この頃は二社でそれぞれ三つずつの放送網を手に入れていた。この番組製作が大変だった。天使たちはついに天国で退屈している魂たちの知慧を借りた。

「なんだ。これじゃあ逆だぜ。どっちのほうが天国なんだい」

こんな文句を言いながらも、魂たちは自分の子孫たちのために手伝ってくれた。だが、人間たちは頭が悪くなりかけていたので、役者を代え、筋をちょっと入れ替えれ

ば結構ごまかせた。

番組製作の苦労は間もなく解決された。人々はしだいにスピードのあるものを好むようになり、漫画映画を求めはじめたのだった。漫画映画なら役者たちに働いてもらう必要がない。天使たちは自動式漫画映画印刷器を考案した。これについているスリル、ユーモア、ペーソス、ロマンス、ファンタジーなどのボタンを押せばその気分に満ちた漫画映画がたちどころにできあがるのだった。

人間たちの一生は軌道に乗った。子供の頃はロボットが世話してくれる。ある程度成長するとメガネ式テレビをつけて勉強し、テレビの物語りを楽しむに足りる学力を身につける。年頃になって結婚したくなればサービス社に連絡すると一番性にあったものを探してくれる。離婚することはない。お互い一日中メガネをつけていれば相手がどんなでも気になることはないのだから。むしろ、ロマンチックな番組をかけて手を握り合っていれば昔よりはるかに楽しい生活だった。そして、疲れてくるとハープ香水かユメミキを使って眠りに入る。

時たまメガネを外し、街を歩いてみたい気分にもならないこともない。だが、街でみかけるのはみなサンタロボットだし、話し相手になる人間はいない。淋《さび》しさと孤独に襲われあわててメガネ式テレビの世界にもどるのだった。

人間のすることといえば子供を作ることと、死ぬことだけだった。そして、この二つこそ天使が人間にやってもらいたいことだった。今や両方のギブ・アンド・テイクは完全に歩調を合せた。

ガブリエル社とミカエル社のサービス競争はこれ以上人間の生活に食い込めない限度に達し、ほぼ均衡状態を保った。時々の数には優劣もあったが大きな変化はなく、一方の社のお客がなくなって失業する恐れは全くなかった。

神様は長い昼寝から目覚めた。

「そうそう、天使たちにサービスをよくするように言っておいたがうまくいっているかな」

天国の門のところに様子を見に出かけた。ガブリエル社もミカエル社も、虹《にじ》の川と彗星《すいせい》のレールで一生懸命に魂たちを運びあげていた。虹の川も彗星のレールも何本にも数がふえていた。天使たちは神様のやってきたことに気づき、

「どうです。前の働きぶりとくらべて下さい」

と口々に言った。神様はこれを見て驚いた。さては競争で人間に殺し合いをさせているのじゃないか、と考えたのだった。

「お前たち、戦争を起したのじゃないだろうな」

だが、天使たちはそれを察して、

「とんでもない、地上は見違えるようによくなりましたよ。見て下さい。それに不正な競争はしていませんから」

神様は地上を見渡し、あっ、と叫んだ。

地上は完全な魂製造機となり果てていた。人間の一生は苦しみも悩みもなく、栽培される作物のように、魂を天使に提供するだけの目的で過されていた。

「能率がいいでしょう」

天使たちは神様にほめてもらいたくて言いつづけていた。

神様はそれにうなずくわけにもいかなかった。だが、天使たちを責めることもできなかった。自分の命令の至らなさと、眠りすぎたことを後悔し、

「これを改めるのはちょっとむずかしいな」

と、つぶやいた。そして、

「この次に世界を作る時にはもっと注意してやらなくては」

と考えた。

禁断の実験

いつものようにエヌ博士は会社に出勤し、自分の室《へや》に入った。重役室であるため、豪華で広々としている。床のじゅうたんは厚く、壁には名画が飾られている。机も大きく堂々として、その地位にふさわしい。

エヌ博士はどこか浮かぬ顔をしていた。といって、現在の地位に不満があるためではない。昨夜、酒を飲みすぎたせいでもあった。彼は毎晩のように酒を飲み、最上の料理を食べ、美女と遊び、賭《か》け事をする。賭け事はいつも負け、相当な金額を失うのが常だった。だが、そんな事は意に介さなかった。毎月の収入は莫大《ばくだい》で、それぐらいの損失はとるにたらない。問題は博士をこのような遊びにかり立てる悩みのほうにあった。悩みはいかなる遊びをもってしてもいやされないものだけに、かえって始末におえないといえた。

つぎの室から秘書の女が入ってきて、あいさつをした。

「おはようございます」

「ああ、おはよう」

「書類や手紙などが届いております。ごらん願います」

彼女はそれを机の上に置き、ひきさがっていった。エヌ博士はつぎつぎと目を通した。大部分は会社の経営についての決裁を求めるありきたりの書類だった。しかし、そのなかにこんな文面ではじまる手紙がまざっていた。

《貴社のご隆盛をお祝い申しあげます。もっとも、独占事業ですから当然のことといえましょう……》

この会社が独占的なものであることはたしかだった。過去へのタイム・トラベルを営業とする会社なのだ。装置の機構については何重にも手間をかけて秘密が守られ、その他の部分については幅広く特許がとられている。したがって、競争会社が出現しようにも、手のつけようがないのだった。秘密を守るためか、社史も簡単で漠然としていた。もちろん重役のエヌ博士にしても、どのような作用で過去への旅行が可能なのか、少しも知っていない。

手紙の内容はこう発展していた。

《……そこをみこんで、私は貴社の株主になっております。もっともっと利益をあげ、配当を増すよう、経営陣の一層の努力を期待します。なお、これは利用者としての立

場からの希望ですが、もっと料金を安くすべきではないでしょうか。現在の料金では、普通の人は一生働いても利用できません》

とくになんということもない手紙ともいえる。しかし、エヌ博士は顔をしかめた。こういった手紙は時どき来る。そのたびに、博士は吐き出すようにつぶやくのだ。

「とんでもない話だ。具体的な案を示してならべつだが、いい気なものだ。じつに無責任だ。もっともうけろ、もっと安くしろ、か。そううまくは行くものか」

博士は力をこめて、その手紙を丸め、そばのクズ籠《かご》に投げ捨てた。いつもそうすることにしているのだ。だが、クズ籠に捨てるぐらいでは、立腹はなかなかおさまらない。

いくら心理学者だって、怒りたい時には怒る。そう、エヌ博士の専門は心理学であり、その能力によってタイム・トラベル会社の重要な地位につくことができたのだ。外部に機密をもらされないための最適な管理法、それも仕事の一つだったが、重役になれた大きな理由はほかにあった。

タイム・マシンが完成したからといって、それだけではすぐ営業には移れない。乗客というものは、旅行先でなにをやるかわからないものだ。好奇心から、あるいは計画的に、過去を変えたりするととんでもない結果になる。

エヌ博士はこの解決法ととりくみ、それに成功した。一種の暗示を与える装置で、過去を変えようとする考えを押さえる作用を発揮する。その作用は薬品ガスによっても電磁波によってもひきおこせるのだが、それらがいくつも併用されている。どこかが故障しても機能が失われることなく、完全に安全性が保証されているのだ。これをタイム・マシンの内部にとりつければ、過去変更という問題を防ぐことができる。慎重なテストがくりかえされ、その効果は確認された。現在までこの種の事故はおこっていない。この採用によってタイム・トラベル会社はやっと営業を開始できるようになり、エヌ博士は重役の地位につけたのだ。

収入は多く、仕事は楽で、すべて恵まれた地位といえた。時どき送られてくるこの種の手紙を読む時を除けば……。

博士はクズ籠をのぞきこみ、また立腹しなおした。

「まったくひどい矛盾きわまる」

口癖でこうつぶやくことによって、彼のいらいらした気分はさらに高まる。矛盾という言葉が、いつも押さえている心の奥底の感情を刺激するからだ。

いったい、過去を変えるとどうなるのだろう。なにか大変なことにはなるらしいが、具体的にはどうなるのだろうか。エヌ博士の空想は、そこに発展してしまうのだ。他の人ならば、適当に自己と妥協し、意味のない空想と縁を切ってもっと日常的な問題に帰るだろう。だが博士の場合、自分が研究し完成させた防止装置に関することだ。それがなぜ必要なのか、どう役立っているのかわからないのだから困る。金をばらまいて酒や女や賭け事に溺《おぼ》れても追い払えない不満であり、悩みだった。

過去を変えるとどうなるのだろう。その事件を分岐点として、他の次元に属する世界に戻ることになるのだろうか。たぶん、そうなるのだろう。しかし、その答で納得しきれない点が残る。もし、過去へ行って自分を殺した場合は……。

いつも想像は興奮をともなって、この禁断の袋小路に迷いこみ、そこで壁にぶつかるのだった。仮定のたてようがない。その行為と同時に自分が消失してしまうのだろうか。だが、いささか安易すぎ、承知できないところもある。では、宇宙が崩壊でもするのだろうか。だが、宇宙がそんなにもろい物とも思えない。筋の通った答が得られず、その袋小路で踊っているうちに、いら立ちは激しくなり、死にたいような気分になるほどだ。エヌ博士は思わず机をひっぱたき、その痛さでわれに返った。

その時、また秘書が入ってきた。

「書類はごらんになりましたでしょうか」

「ああ、持っていってくれ」

「はい。それから定期的な装置の点検にお立合いになる時刻でございます」

と、秘書は壁の時計を指さしてうながした。

「ああ、そうだったな」

博士は立ちあがり、室を出て、その仕事にむかった。タイム・マシンを格納してある室を係員とともに巡回する。マシンには何種類もある。何人も乗れる観光用の大型のから、歴史研究者用の小型のまで揃《そろ》っている。博士は順次に片づけていった。

自分で作った装置だから、手なれた仕事だ。それに係員たちが絶えず調べていて、少しでもおかしいと、慎重を期して、すぐ新品と取りかえてもいる。博士にとっては、頭を使わなくてもいい仕事だった。

形式的に立合いながら、頭はべつな事を考えることができた。つまり、過去の自分を殺したらどうなるかだ。あまりたびたび考えたせいか、きょうは特にその衝動が強かった。心の内部で、そそのかす声がする。やってみたらどうなのだ。

やってみるとするかな。最後に小型マシンの点検をすませた時、エヌ博士は自分でもそう思った。そして、思ったとたん、たちまち実行を決心していた。これは賭け事をやっているせいかもしれない。賭け事をしていなかったら、一応ゆっくりと検討しなおしてからと思いとどまったかもしれない。

決心と同時に、ドアを内側から閉めていた。そとでざわざわ人声がする。係員たちが驚きあわてているのだろう。だが、博士は答えなかった。

ボタンを押し、ダイヤルを廻した。構造がどうなっているのかは知らなくても、操縦法は知っていた。マシンは動きはじめ、博士はつぎに暗示装置の作用を停止させた。普通の人には絶対に手に負えないものだが、そこは発明者。覆《おお》いをはずす鍵《かぎ》も持っているし、どの回路をどうすれば作用を失うかも知っている。すべては手ぎわよく行われ、これで強力な心理的な支配から解放された。

あとは実行にかかるばかり。博士は装置のなかから拳銃《けんじゅう》を取り出した。ありえないことだが装置に故障がおこり、乗客が反乱をおこして過去の変更を要求するという非常事態にそなえて、高性能の拳銃がかくされてあるのだ。この場合、操縦者はみなを射殺することになっている。

エヌ博士はどの時点に行こうかと考え、記憶をたどった。そして、かつてタイム・マシンで自己の青年時代を観察したことを思い出した。青年時代のエヌ博士は、よく夜の野原をひとりで散歩した。前回は、それを物かげから眺めるだけで引きあげてしまった。いまも、その頃のその場所に行けばいいだろう。だが、今回は、観察だけでは満足しない。拳銃を発射してみるのだ。

博士はマシンをとめた。外へ出ると、暗い夜だった。青年時代の思い出がよみがえり、散歩の道順まで鮮やかに頭に浮かんできた。彼は待ちかまえ、ついにその時がきた。

まちがいなく過去の自分だ。独特の歩き方を見てもわかる。エヌ博士はそっと狙《ねら》いをつけた。妙な気分になった。どんな結果が発生するのだろう。自分の過去には射殺された経験はない。とすると、引金が引けないのだろうか。

この想像は不愉快だった。なぜなら、過去が変えられないとすれば、自分が苦心して完成した装置の意味がないことになるではないか。耐えられぬことだ。それとも、べつな次元の世界に戻ることになるのだろうか。だが、それはどんな世界なのだ……。

またも袋小路に迷いこむのを、博士は決心の確認で追い払った。好奇心と解答への欲求が高まってきた。対象が他人でないため、良心の痛みは全くなかった。

博士はためらうことなく引金を引いていた。もちろん銃は火を噴いた。高性能の弾丸のため一発で充分なのだが、彼は念を入れてありったけの弾丸を発射しつくした。相手は倒れ、死はたしかめるまでもない。また、そばへ寄って自分の死を調べるのも、ちょっと気が進まなかった。

冷静なつもりではいても、やはり興奮していたのだろう。呆然《ぼうぜん》と歩き、タイム・マシンに戻って、はじめて落着いた。やり残したことはないだろうか。それはべつになかった。目的は達したのだ。だが、とりかえしのつかないことをやってしまったのではないかとの、恐れに似た感じはあった。もっとも、これは禁断の行為だとの先入観のためかもしれない。

エヌ博士はボタンを押し、始動させた。いずれにせよ。

ついにやったのだ。この満足感はあったが、同時に不満もあった。なにごともおこらないではないか。自分は消失せず、宇宙も崩壊しないようだ。殺したのは絶対に他人ではなかった。自分は幽霊なのだろうか、ふとこう考え、からだをつねった。痛い。痛がる幽霊だの、ボタンを押せる幽霊などはありえない。それなら普通の人間だ。

現代に戻り、タイム・マシンから出たら、よく検討しなおして、世界に発表することにしよう。一大発見であるにちがいない。会社からは、重役でありながらなんということを、と怒られるかもしれない。しかし、それも許されるだろう。この通り、なんということもなかったのだ。コロンブスの功績どころのさわぎではあるまい。どんなに賞讃《しょうさん》されることだろう。だが、なぜ変化がおこらないのかの点はわからない。それは、その専門の学者たちが裏付けてくれるだろう。

エヌ博士は胸の高鳴るのを感じた。しかし、その高鳴りはなかなかおさまらなかった。いくら待っても、マシンの計器が現代への到着を示さないのだ。計器の見方はよく知らないが、あきらかに不規則、不統一を感じさせる針の位置だった。どうなったのだろう。

博士は不安を感じ、ドアにかけより開けようとした。しかし、開かない。頭に血が集中してきた。行為の結果はこれだったのか。こんなむくいを受けるとは……。

タイム・マシンは動きをとめたのか、内部は静かだった。

だが、博士の頭のなかでは騒音が響きわたっていた。出してくれ、出してくれと大声でわめき、体当りもした。しかし、ドアは開かない。

博士は興奮しつづけようとした。こんな状態で冷静になったら、それこそ絶望しかない。拳銃を全部うちつくしたことを後悔した。一発は残しておくべきだった。

意地悪いことに、冷静さが襲ってきた。それは氷のように恐ろしく、たとえようもなく孤独だった。いつまでこの感情と共にいなくてはならないのだろう。

だが、まもなく博士は笑いだした。落着いてドアを見ると、鍵のダイヤルの番号がちがっていたのだ。開かなかったのも無理もない。やはり、神経が過敏になっていたためだろう。

番号を正しく合わせると、ドアは開きはじめた。これでいいのだ。計器はなにかで狂っていたのだろう。博士はほっとして外へ出た。

しかし、博士はあわてて目をおおい、マシンに戻ろうとした。戻るべき現代とは、あまりにもちがっていたのだ。なにもない世界。

ふりむいて急いでマシンにかけこもうとしたが、それはできなかった。タイム・マシンはなくなり、不透明な壁があるばかり。何で作られているのかはわからないが、突破できない壁なのだ。博士はそれを叩《たた》き、助けを求めた。こんな所にほうり出されてはどうしようもない。

叩き、叫びつづけていると、だれかがうしろから呼びかけた。

「だめですよ、いくらじたばたしても。決してここからは出られません。すでに何回もやってみました」

ふりむいてみると、そこに二人の男が立っている。エヌ博士は言葉もなく、その二人を眺めた。なんでここに二人の男がいるのだろう。そして、この世界にいるのはそれだけで、あとは何もない。

「ここはどこなのです。あなたは、なぜここに……」

やっと博士は口ごもりながら言った。二人は苦笑いしていたが、その年長のほうの一人が答えた。

「あなたもおやりになりましたな」

「ええ、やりましたよ。しかし、ここはどうなっている場所なのです」

「不透明な壁にかこまれて、どこへも行けません。しかし、飲み食いはしなくても、いつまでも死なないようですよ。現に私たちはだいぶ前からずっとここにいますが、少しも年をとりません」

「いったい、あなたはどなたなのです」

「私はタイム・マシンを完成した者です。だれも機会があると、この行為の誘惑に負けるもののようですな。私は押さえきれなくなり、そのあげくここへ来ました。これは私の第一の助手です。しばらくあとで、やはりここへ出現しましたよ」

相手は苦笑いをつづけながら説明した。しかし、博士には知りたいことが山のようにあり、その最大の点を質問した。

「なぜ、こんな場所があるのでしょう。そして、ここはどこなのです」

「私もいろいろ考えてみました。時間については充分な知識があり、それを考える時間も充分にありました。そのあげく、やっと一つの結論を得ましたよ」

と、またも苦笑い。

「なんなのです。教えて下さい」

「つまり、術語や計算を省略して簡単にいえばですね、時間のクズ籠とでも称すべきものですよ。おわかりでしょうか」

もちろん、エヌ博士にはよくわかった。

友情

長さ三万キロにもなる針金を使って製作した巨大なアンテナが完成し、高い山の上にすえつけられた。宇宙研究所がこれによって宇宙の星々に通信を試みるのである。

「だが、あんな物を作って、それに厖大《ぼうだい》な電力をつぎこみつづけ、何かいいことがあるのかい」

当然、こんな非難はあった。だが、宇宙研究所の学者たちはこう答えた。

「そう言ってはいけません。物事は長い目で見て下さい。きっとみなさんの期待にこたえてみせます」

人々は仕方なく承知し、雄大な計画にもとづく宇宙通信ははじめられた。電波は宇宙をめざし、文明のある交際するに値いする星をさがした。

「まだ返事はないか」と人々。

「もう少し待ちなさい」と学者。

だが、遂《つい》に反応はあった。意味のあるらしい電波がかえってきたのだ。

「そら、やはり返事があったでしょう」

「相手は何と言っているんです」

「それはこれから何度も交信して調べるのです」

学者たちは勢いをえて交信に熱中し、しだいにその星の言語を解読しはじめた。

「もうそろそろ相手の言ったことがわかってもいい頃でしょう」

と、大衆はいつも短気だった。

「やっとわかりかけましたよ」

「どんな意味だったのです」

「そちらの気候はいかがです、と聞いたのでした」

「なんだ、そんなことか。早くもっといろいろなことを通信してみてくれ」

だが、学者たちはたゆまず交信を続け、「みなさんお元気ですか」のあいさつから、話題は少しずつ進みはじめた。そして、今後ずっと友好的に交際しよう、と誓いあうまでになった。

「みなさん、やっとあの星と友好を誓いあうまでになりました」

と、学者は得意げに報告した。

「それからどんなことを通信したのです」

「まず、この間は芸術について論じあいました。なかなか高度な文明を持った星らしいです。これからは哲学に話題を変えようと思います。きっと楽しい通信となりましょう」

だが、大衆は主張した。

「だが、この通信には尨大な金がかかっているのですから、それを忘れないで下さいよ」

いやみを言われ、学者たちはこんな電文を送り出した。

「そちらの星に金という原子番号七九の金属がありましたら、少しお貸し願えませんか」

相手の星は快く承知してくれた。

「それはお困りでしょう。さっそくロケットにつんでお送りいたしましょう」

学者たちはホッとし、大衆は喜んだ。そして、まもなく、

「やあ、見えたぞ」

と誰もかれもが空を指さして歓声をあげた。超水爆をつんであるとは夢にも思わず。

ある声

ああ、なにかすばらしいミステリーのトリックはないだろうか。こう考えながら、煙草《たばこ》をくわえライターを押した。カチリと音がし、赤く揺れる炎が立ちのぼった。

そうだ。ライター・オイルのなかに毒薬をとかしておくというのはどうだろう。それを相手に渡し、煙草を通じて相手の肺に毒薬を送りこみ、殺してしまうのだ。いい方法のように思える。だが、証拠物件として残るライターを、どう処分するかという問題が残る。これを解決しなければ、ナイフで刺したのと大差ない。この点をどうしたものか。

では、ライターのかわりにマッチを使ったらどうだろう。一本のマッチの軸木に強い毒薬をしませておく。それが熱とともに揮発し、相手の煙草に吸いこまれてゆくのだ。そして、毒の次には燃えやすい薬品をしませておく。毒を吸って倒れたあと、証拠物件は自動的に、たちまちのうちに燃えつきてしまうわけだ。

これなら目撃者がそばにいても、気づかれないにちがいない。また、このマッチを被害者が一人で使ったとしたら、その家ごと燃えつき、捜査は全く不可能になるのだ。

こう思いついて、私は思わずにっこりした。その時、どこからともなく声がした。

「おい。なんというひどいことを考え出したんだ。しかも、うれしそうじゃないか。お前はそれでも正気なのか」

だが声といっても、空気が振動して鼓膜に感じられる声でなく、この言葉が頭のなかに直接に浮かびあがってきたようだった。私はその声を打ち消すように考えをまとめた。

「そんなことを言ったってしようがない。こういう話を読みたがる人が多いんだから、こっちはそれに応じて書くわけだ。もっとも、書くほうもつまらないこともないがね」

頭のなかで自問自答しているようなものだった。すると、また声がでてきた。

「ふうん。そういうものかね、地球の人類という奴《やつ》は」

「全部ではないが、何パーセントかがそうなのだ」

ここで私は自問自答ではないらしいことに気がついた。そこで、問いかけるように頭のなかで考えた。

「人類とかいったが、そんなことを聞くお前は誰なんだ」

「誰でもいい。平和の使いとでも考えてくれ」と声。

「どこから来たんだ」

「どこからでもいい。宇宙の彼方《かなた》からとでも、次元の穴からとでも、時間をさかのぼってとでも、お前の好きなように考えたらいい。どうせ説明したって無駄なんだから」

「しかし、なんでそうペチャクチャ喋《しゃべ》り、ひとの仕事をじゃまするんだ。何か用なのか。用がないのなら、早くどこかへいってしまえ」

「用はあるさ。だからこそお前にとりついたのだ。だが、じゃまはしない。むしろ、手伝ってやるぜ。いや、正確に言えば手伝わせることになるかな」

「変なことを言いだしたな。いったい、なんのことだ」

「おれはお前のような人間を整理するつもりだ」

「整理だと。水爆でも持ちこんで爆発させるつもりなのか」

「あんなばかみたいな物は武器じゃない。方針に反する連中だけを選びだして、的確に殺すことができないじゃないか」

「それはそうだ。だが、平和の使いというくせに、武器にはくわしいじゃないか」

「つまらん理屈をこねるな。まず殺人などに興味を持つような、不穏な人間だけを退治するのだ。それでこそ平和の使いさ。わかったか」

「わからないこともないが、そんな方法があるのかね」

「おれは自由にふえることができる。だから、不穏な連中を選んでとりついていて、折を見て、いっせいに殺してしまうつもりだ」

「だが、この大ぜいの人間のなかから、その人間を選び出すのは容易ではないぜ」

「いや、簡単だと思う。殺人の話の好きな連中を選べばいいのだろう」

「その方法があるのならね」

私は書く手を休めかけたが、声はささやきつづけてきた。

「いいから休まないで書きつづけろ。すべてのプログラムはできているのだ。おれの分身はお前のペン先を伝って、さっきからお前の原稿用紙の上にひろがって、書きつづけられるのを待っている」

「そうかね。どうもそんな風には見えないが」

「お前たち人間なんかに見えるものか。お前が書き終ったら、おれの分身は原稿にくっついて雑誌社に行く」

「だが、印刷がすんだら捨てられてしまうぜ」

「もちろん、その前にやることがあるさ。印刷工の手をへて、活字にうつっている。

印刷機が動くたびに、おれの分身はさらに分裂し、その分身たちは雑誌の頁《ページ》のあいだにひそむわけだ。そして、この頁が開かれるのを待ちつづける。この頁が開かれれば、それをめくった指先からそいつにのりうつるのだ」

「ひどい方法を考えついたな」

「そうかねえ。人間だってテレビやなんかを使って、同じようなことをやってるじゃないか。おれはそれを少しばかり徹底させ、早いとこ、けりをつけるだけのことだ」

「ところで、それから先はどうなるんだ」

「おれの分身たちは、そいつらの頭のなかでじっと待機し、ある日いっせいに連中をとり殺すのだ。うそだと思うかい。うそだと思うだろうな」

これで頭のなかでささやきつづけていた声は絶えた。私はもちろん、うそだと思う。私の妄想にきまっている。だからこそ、この原稿を雑誌社に送るのだ。

あなただってそう思うでしょう。うそにきまっていますね。頭の奥に今までなかった何かが、不意に、そっと入ってきたような気なんかしないでしょうね。それとも……。

悪　夢

拳銃《けんじゅう》が正確に私の胸にさしつけられ、私はもう駄目だと観念した。

だが、そのとたん目が覚めた。また夢だった。さっきもこれと同じ夢を見たのだった。夢でよかったというものの、こんな夢を二回もつづけて見るようでは、いやな目にあうのもそう遠いことではあるまいな。

私は不吉な予感を払いのけようとして、ベッドから起きあがり、スタンドの灯をつけ、庭に面した窓をあけた。少し夜の空気でも深呼吸したらいいかも知れない。

だが、それがいけなかった。その窓から不意に何ものかが飛びこんできたのだ。いつもならこんな油断はしないのに、この時はあまり突然だったので身をかわすひまさえなく、私は床につき倒された。

おそるおそる目を開けてみて、私は全くうんざりし、再び目を閉じてしまった。そこには異様な男が立っていて、拳銃を私の胸につきつけていたのだ。私はもはやこれまでと観念した。そして、発射音がおこるのを待った。今の悪夢がこう早く実現するとは思わなかった。

だが、発射音はおこらず、低い声が聞こえてきた。

「おい、起きろ」

拳銃がむけられていては、逆らうわけにいかなかった。私は身を起こしながら聞いた。

「あなたはどなたです」

その男は目から下を布でおおっていた。彼はその布をちょっとつまんでみせ、

「これを見ればわかるだろう。おれは強盗だ。おとなしくしていれば殺しはしない」

殺しはしないという言葉で私は少しほっとしたが、同時に大きな疑問がわいてきた。

「しかし、ごらんの通り私の所には何もありません。強盗に入るのなら、もっと大邸宅に入ったらいいでしょうに。私の所などは小さな庭に、小さな家での一人暮らし。しかも借り家です。なにかのまちがいではありませんか」

「いや、それはわかっている」

相手の答えに、私はいささか薄気味悪くなった。

「そ、それでは何が欲しいのです。命をとりに来たのですか」

「まあ、そうビクビクするな。おれの欲しいものはお前さんの服と、それから時間

だ」

「服がお入り用ならさしあげますから、どうぞ手荒なことはしないで下さい。だが、もう一つの時間とはどういうことです」

「朝までここにいさせてもらう」

「なんでまた、こんな私の家で休もうとなさったのです」

相手は侵入してきた窓を閉め、その上に光の洩《も》れぬようにカーテンを引き終わり、拳銃をいじりながら説明をはじめた。

「聞きたければ話してやってもいい。おれはさっき、宝石店に押し入った。お前さんに言われるまでもなく、ちゃんと収穫のある所を訪れているさ。宿直の店員に拳銃をつきつけ、金庫を開けさせ、札束をいただいた」

彼はそう言いながら、ポケットをたたいた。

「うまいことをなさいましたね」

「ああ、それから店員の頭を拳銃の尻《しり》でひっぱたいて気を失わせ、引きあげた。ここまでは順調だったが、これからがいけない。その頭の打ち所が悪かったらしい」

「では、殺してしまったのですか」

「その反対だ。まもなく気がついたらしく、パトカーのサイレンが聞こえてきた。店員の気がつくのが早すぎた。警察に手配されるとぐあいがわるい。顔は見られていないものの、この服は見られている。へたに動いては危いから、おれはこの窓の下でじっとしていた。すると、お前さんが窓をあけてくれたのだ」

「なるほど」

「これで服をいただくわけがわかったろう。さあ、服はどこだ」

「あそこです」

私は壁にかけた服を指さした。

「よし。では、お前さんをしばらせてもらうぜ」

彼は私をしばり、さるぐつわをかませ、その上、目かくしまでした。

「おれの顔を見ると、お前さんを殺さねばならなくなるからな。目かくしをしても悪く思うなよ。では、しばらくベッドの下に入っていていただくぜ」

しばられ、口もきけず、目もかくされてはいやも応もない。私は単なる物品の如《ごと》くベッドの下に押しこまれてしまった。役に立つ部分といえば耳ばかり。彼の服を着かえるらしい音がした。

「やあ、からだつきも年かっこうも似ているせいか、実にぴったり、良く似あう。お前さんの名は何だ。そうだ、答えられないんだな。まあいい。名刺入れがあった。つまらん名だな」

彼はいいたいことを勝手につぶやいていた。全く面白くない。つまらん名前だなどと、ひどいことを言う奴《やつ》だ。だが、私にはどうにもならなかった。しばられた手足は痛く、口のなかに押しこまれた布は汚れていてへんな味がした。

「や、大変な忘れ物をする所だった。札束を、脱いだ服に入れっぱなしだった。もう少しで置いてゆく所だったぜ。さあ、これでよし。夜が明けたら、人通りにまざってゆうゆうと退散してやるぜ」

彼は楽しそうだった。

しばらくすると、窓の開けられる音がした。彼が退散したのかと思ったが、そうではなく、彼がカギをかけ忘れた窓から、だれかが飛びこんできたらしかった。

「だ、だれです。こんな時間にひとの家に勝手に飛びこんできて。失礼じゃありませんか」

と、彼のあわてた声がした。すると、それに応じて別な声がした。

「あなたがこの家のご主人ですね」

「え、そうですとも。何の御用です」

強盗はもしかしたら刑事ではないかと察したらしく、あくまで私になりすますつもりらしかった。

「まちがいありませんね」

彼は何で念を押されるのか不審らしかったが、断乎《だんこ》として主張していた。

「当たり前ですよ。あなたは一体だれで、何の用なんです」

すると、別の声は調子を変えた。

「それはよかった。やっと見つけ出した。おれは殺し屋さ。用はお前を殺すことだ」

「ま、まってくれ。なんで殺されなければならないんだ」

「往生ぎわの悪い奴だ。お前は親分の金を持ち逃げしたそうじゃないか。みんなの見せしめに死んでもらわんとならんそうだ。おれはそのために雇われたのだ。この家に住んでいると教えられてね」

私はベッドの下でひやりとしたが、私になりすました強盗のほうがもっと驚いたらしい。

「ひ、人ちがいだ。おれじゃない」

「どいつもこいつも、いざとなると同じようなことを言うものだ。だからさっき、あれほど念を押したじゃないか。さあ、じたばたするな」

つづいて一発の銃声が鳴った。それは消音器つきの小さな音だったので、やられたのは強盗のほうと察せられた。そして、殺し屋の去ってゆく物音。

やれやれ、危い所だった。私が喜びをこめて力をこめると、手をしばってあったナワもゆるみはじめた。もう少しだ。ナワが外れたら、強盗の死体を床下にでも埋めて引っ越すとしよう。殺し屋はうまく報告するだろうし、私も金が手に入る。それに、当分はぐっすり眠れるというわけだ。夢も見ないで。

悪夢はつづけて二度見ると良い事がある。

けがれなき新世界

公害という怪物が徐々に成長をつづけていた。それは毒をまきちらし、環境を悪化させ、人びとへの被害は大きくなる一方だった。

だれもぶつぶつ言うのだが、いっこうに改善されなかった。役所は縄張りを争い、つごうの悪いことは押しつけあう。みな今こそ目ざめて立つべきだとは考えるのだが、なんにもやらなかった。どうしたらいいのかわからなかったし、だれかがなんとかしてくれるだろうと思って……。

しかし、そういうなかで、ごく少人数だが献身的に動きまわる民間人の団体があった。その名は〈公害監視協会〉で、それぞれ各種の本職を持った人たちだが、そのひまをみて手弁当で働くのだった。

器具を持ちより、公害の状況を調査し、防止案を作って企業とかけあう。それらの経過はパンフレットにまとめられ、配付され、だれでも読むことができた。その活躍ぶりをテレビや雑誌が取材に来ることもあるが、やんわりと断わられる。

「大げさな報道はやめて下さい。売名と思われては困るのです。われわれは好きでやっている。まあ、趣味のようなものです」

そんなふうな地道な活躍ぶりに、民衆は大いに好意を持った。好評ばかり。

「よくやってくれますな。口で論ずるだけの人はいくらもいるが、あの人たちは不言実行。えらいものですね」

「わたしのようなぐうたら者は、内心で恥じ入ります。ただただ感謝です。心の底から声援してあげるぐらいしかできませんが」

批判の声など出るわけがない。いまや公害は社会の最大の敵なのだ。そして、協会員たちはみなのためにそれと戦ってくれている。

協会員となり、その戦列に加わる者も少しずつふえた。しかし、公害規模の拡大のほうが早い。戦いは公害側が優勢だった。発生地は各所でふえ、その種類もまたふえた。

がんばりつづけていた公害監視協会も、ついにSOSを発せざるをえなくなった。すなわち、資金不足の苦しみを口にした。

「活動については、われわれが肉体と時間をやりくりできる。しかし、素手では戦えない。測定装置や試薬がいる。報告書の印刷代もいる。計算機も使いたい。だが一般からの寄付金には限りがある。企業からのひもつきの金はもらいたくない。いまや、刀折れ矢つきんとしている……」

社会への最初の悲痛な訴えだった。世の人は耳を傾けたが、財産を提供しようとする者はない。人間とはそういうものなのだ。ごそっと税金を払ってやっとためた金を、他に寄付するなど、身を切られるよりつらい。

しかし、今や民衆も目ざめかけている。国会議員に働きかけた。ああいう熱心な団体には、国家が補助金を出すべきだ。現に成績をあげている。役所にまかせておくと、およそ非能率的な金の使い方しかしない。だが、公害監視協会なら必ず有効に使うだろう。

議員たちは超党派でそれに努力した。「そんなのに予算が出せるか」などと放言したら、次回の落選は確実となる。なにしろ、公害は今や社会最大の敵なのだ。

かくして、補助金が支出された。だれもほっとする。カンフル注射がきいた如《ごと》く、資金がゆたかになった公害監視協会は、元気をとり戻し、ふたたび公害との戦いを開始した。

充実した研究所が作られた。調査や分析、対策法開発など、そこで検討されるのだ。だが、協会はヒステリックな集団ではない。また、国からの補助金も受けている。各官庁と張りあおうなどしなかった。資料はすべて公表したし、各官庁への協力もした。敵は公害であり、官庁ではないのだ。官庁の手の及ばないところをカバーし、お手伝いする民間団体なのだ。腰が低い。みごとなほど行動的で、熱心で、しかも能率的。

各官庁はめんどうな仕事、にくまれそうな仕事を、みな協会に押しつけた。内心では手ごろな便利屋のように思ってないこともない。官庁は気がとがめてか、停年の官僚を手伝いに出してもいいと協会に提案した。当人たちにとっては、ここを足場にすれば選挙に出やすいと考えたからだろう。

協会は「ありがたいことです」と、それを迎えた。役人の天下りなのだが、マスコミは少しも批判しなかった。なにしろ、公害はわれら最大の敵なのだ。かたい原則論など言ってる時ではない。ものわかりのいいのが、われわれの特徴ではないか。

公害監視協会はさらに強力になった。役所との人的なつながりができ、政治家たちのバックアップがある。なによりも心強いのは民衆の支持。補助金はぐっと増額された。生命と健康を買う金を惜しんではならぬ。

一方、公害との戦いは着々と戦果をあげている。めざましいとはいえないかもしれないが、公害の増大を確実に押えている。

公害監視協会の人たちは、つぎつぎと外国旅行に出かける。公害は世界的な問題であり、会議が必要だ。先進国の視察をし、低開発国へのアドバイスもしなければならぬ。ここで金を惜しんだら、将来への禍根を残す。

略称「コーキョー」という視察団は、世界の観光業者をうるおした。セックス公害だの、バクチ公害だの、レジャー公害だの、視察すべき問題はたくさんあるのだ。

「なんだ、ありゃあ。ひどいもんだぜ。親方公害のただ旅行だ」

と皮肉る声が少しあがった。公害監視協会へのはじめての非難だった。これに対し、協会もはじめての反論を発表した。

「われわれの活動に文句をつけるやつがいる。はなはだ遺憾《いかん》だ。これまでの献身的な働きは、子供だって知っている。肩を並べて兄さんと、きょうも学校へ行けるのは、だれのおかげでしょうと聞いてごらんなさい。当会の名を答えるにきまっている。当会の活動を社会科の教科書にのせるべきだ。また、協会員の待遇をよくするため、賃上げの予算を要求する。それがみとめられなければ、ストをやる。われわれの存在を知ってもらうためだ」

ストは決行された。その数日は大変なさわぎだった。空は濁り、せっかくきれいになった海や河の魚は死に、病人の発生がふえた。民衆はふるえあがった。協会は発言。

「われわれがいないと、このようになるのだ。歴史を逆行させたいのか。世の認識を求めたい」

予算の増額は要求通りみとめられた。スト中の公害はあまりにひどかった。ひどすぎるようだ。協会が秘密裡《ひみつり》に発生させたのじゃないかとの噂《うわさ》もあったが、協会の発表によると、「われわれの監視がゆるんだすきにたまっていた汚染物を企業がこの際とばかりに捨てたのだ」ということだった。真相はだれにもわからない。公害の正確なデータは協会にしかないのだ。

資金は一段と豊富になり、将来性がありそうだと人材も集まってくる。その態勢の上で、公害監視協会は政府に要求した。

「われわれは努力をしているが、公害の根絶はまだ不徹底だ。立ち入り検査をする権限が欲しい。今のままでは、靴の上から水虫をなおそうとするようなものだ。そもそも、役所の無能さをわれわれがおぎなっているのだから、それぐらい認めて欲しい」

民衆はそれを支持した。なにしろ、われわれの生活を守るために、公害と戦って下さっている第一線の人なんだ。それぐらいの権限は持たせてあげたっていいじゃないか。

その権限はみとめられた。

そして、ある日。公害監視協会はそれにもとづき、ある企業への不意討ち立ち入り検査をやろうとし、企業側のガードマンと乱闘になり、協会側に一名の死者が出た。犯人はついに不明だったが、死者の出たのは事実なのだ。協会は声明を発表した。

「なんということだ。これでは民衆のための仕事に専念できない。拳銃《けんじゅう》の所持をみとめてもらいたい。現在でも警察官以外に、鉄道公安官、麻薬取締官にも拳銃の所持がみとめられている。それなら、スリや麻薬よりはるかに巨大な敵と対決しているわれわれにも、それを許していいはずだ。さもないと責任がもてない。会の解散も考えているのだが、まずストをやる」

ストという伝家の宝刀をちらつかされては、みとめざるをえない。また、民衆の圧倒的な支持もある。正義の味方に武器を与えて、なぜ悪い。

拳銃さえあれば鬼に金棒。公害退治はぐっとはかどったし、公然と反対する者もぐっとへった。反対すればおどかされる。

「やい、きさまは公害を是認するような説を書いたな。民衆の敵だ。非国民だ。発言に気をつけないと、命がないぞ」

公害との戦いに敗れれば、だれも生き残る者はなくなるのだ。正しい世論を盛りたて、悪い世論を押えるのはいいことだ。それに拳銃が加われば、どんなあまのじゃくも沈黙せざるをえない。

その世論をバックに、協会は政界と政府を動かし〈公害への宣戦布告〉を宣言させた。そして、それにもとづいて、自衛隊を動かす権限を手に入れた。いままでだって、災害救助に自衛隊が使用されていた。それと同じことじゃないか。だが、公害との戦いはもっと長期的、かつ組織的でなければならない。総司令部を作りましょう。大丈夫ですよ、憲法上の問題はありません。国際紛争解決のためでなく、自衛のためのものですから。

なんとなくいやけがさし、外国へ亡命しようとした者は逮捕され、重刑を課せられた。いまや戦時中なのだ。戦線から逃げようとする者など、国民感情として許せないではないか。

ぶつぶつ言うやつ、なきにしもあらず。

「なんでこんな世の中になったんだ。いったい、公害って、なんのことだ」

「ほっとくと悪化するとわかってながら、ずるずるとそうなってしまうことらしい」

「それなら、この恐怖政治もそうか」

「まあ、そうだな。公害の公害だ」

しかし、そのひそかな会話も、協会直属の秘密警察のかぎつけるところとなり、つかまってさんざんな目にあわされる。

「むちゃだ。これではまるで、アメリカの悪名高い秘密結社、ＫＫＫ団とおんなじだ」

などと叫んでもむだ。

「外国のことなどどうでもいい。しかし、ＫＫＫ団とはいいな。公害監視協会もその略称を使うとしよう」

やがて「ＫＫＫ団の歌」が作られ、だれもが楽しげに〈いいじゃないの、無公害ならば……〉と歌うようになる。

平穏

日曜の午後、その男は安楽椅子《いす》にくつろぎ、パイプをくゆらせながら、本を読んでいた。妻が運んできたレモン入りの紅茶を半分ほど飲み、ふと思いついて子供たちを呼んだ。

「おい。ウエンディとピーター、こっちへ来なさい」

そとのブランコで遊んでいた十歳の娘と九歳の息子とがやってきて、にこにこしながら言った。

「なあに、パパ」

「きょうはひまで、べつにすることもない。これから、おまえたちに性教育をする」

それを聞いて、子供たちは顔をしかめた。

「いやだなあ。教育ってのがつく言葉で、おもしろいことってないんだもの」

「文句をいうな。教育とは、だまってすなおに覚えればいいんだ。いいか。いま、ママとやってみせるから、よく見ていなさい……」

男は妻とともにそれをやってみせた。ひと区切りついたところで言う。

「……これが基本だ」

「これがきほんだ、だね」

ピーターはノートに書きこんだ。あまりうまくない大きな字。男は窓をあけ、隣家の夫人が庭で芝生の手入れをしているのを見つけ、声をかけた。

「奥さん。すみませんがちょっと手伝っていただけませんか。子供の勉強なんです」

「ええ、あたしにできることでしたら……」

やってきた隣家の夫人は、事情を聞いてうなずき、ピルを飲んだ。その彼女の協力をえて、男は子供たちへの教育をつづけた。

「これが浮気だ。よその奥さんを相手とする。これを一盗《いっとう》と称し、最も楽しいこととされている。そしてだ、もしこの女の人が召使いだったとする。その場合は二婢《にひ》と称し、二番目に楽しいことなのだ」

「なんだかむずかしい言葉ばかりで、よくわかんないわ」

とウエンディ。

「特定の女性と契約し、それを相手とするのを三妾《さんしょう》といい三番目だ。不特定の女性が相手だと四妓《しぎ》で四番目。ママとが五番目だ」

「へんだよ、パパ。さっきはママとのが基本だと言っていた。第一ってことでしょ。それがなぜ五番目なの」

「よけいなことを言うな。これは暗記課目なんだ。理屈をこねてはいけない。パパは疲れたから少し休む。あとはママにたのむ」

妻はしかたないといった表情で言った。

「ええ。じゃあ、おとなりの奥さん。お願いするわ。ウエンディもピーターも見ていなさい。どうせ一回じゃ覚えられないでしょうけど。これが同性愛というものよ」

「ふーん」

けっこう時間がかかり、終りのほうになると、子供たちは退屈してあくびをした。男はベルトをはずし、子供たちをはだかにしてひっぱたいた。泣き声がひびく。

「ひどいよ、パパ。ちょっとあくびをしたからって……」

「いや、これはおしおきではない。おまえたちが痛さで悲鳴をあげた。それを見てパパがおもしろがったとする。これをサジズムというのだ。さあ、ノートに書いておきなさい」

「本当なのかなあ」

なかなか信じない子供たちに、男はベルトを渡して言った。

「さあ、こんどは交代だ。おまえたち、パパをひっぱたいてサジズムをためしてごらん」

「本当にいいの……」

「いいとも。だが、今回だけだぞ」

「わあ、おもしろいなあ。じゃあ、やるよ」

ウエンディとピーターは、かわるがわるそれをやった。あまりに楽しくて力が入り、男の肌は赤くはれた。しかし、男はよろこびの声をあげ、ころげまわりながら言った。

「ひっぱたかれて喜ぶ。これをマゾヒズムというのだ。さあ、そのくらいでいいだろう。さて、おまえたち。さっきパパとママがやったように、二人でやってみなさい」

「こんなふうでいいの……」

ウエンディとピーターが聞いた。男は言う。

「まあいいだろう。そのように家族どうしだと近親相姦《そうかん》という」

「へんな言葉だなあ。さっきから、おぼえにくい言葉ばかりだ」

と文句をいうピーターを男は抱きよせた。

「このように父親と息子との場合を、近親同性愛という。母親と娘の場合もまた同じだ」

妻が口をはさむ。

「あなた、丸暗記した文章を読んでいるような口調よ。もっとくだいた教え方をしないと、子供の頭に入らないんじゃないかしら」

「かんべんしてくれ。どう言いかえればいいのかわからないんだ。おれは教育的な父親ではないんだろうな」

そばでウエンディが言った。

「ねえ、おしっこしてきていい」

「いや、ここでやりなさい。今回だけだよ……」

と命じ、男はそれを飲んでみせた。

「これを糞尿愛好《ふんにょう》と称する」

「自分のを飲むのはなんて言うの」

「そんなこと知るものか……」

めんどうくさくなり、男は投げやりな声で言いかけたが、妻ににらまれて言いなおした。

「……そのうち百科辞典で調べといてあげるよ。ナルシズム的糞尿愛好とでも言うのだろう。まだこのほかにもあるが、まあこれくらい知っていれば、学校の試験で落第することはないだろう」

ピーターが質問した。

「ねえ、ぼく、よくわかんないんだけど、パパとママの場合は近親相姦って言わないの」

「そうは言わない。おっと、なぜだなんて聞くなよ。これは暗記課目なんだからな」

「でも、もうひとつだけ聞きたいんだけどなあ。さっきからのこと、どこがおもしろいの。どうもわかんないなあ。だれもがほうぼうでやってるけど、みんなつまらなそうな顔してるよ」

男は頭をかき、紅茶の残りを飲み、それから答えた。

「じつはなあ、パパにもわからないんだ。なぜ一盗が二婢の上にくるのか、その差がどんなものか、自分でもさっぱりだよ。だから教育というわけなんだろう。むかしむかしのやつらが、こんな風習を作りやがった。しかし、もしかしたらな、風習を確立するまでのあいだは刺激と興奮があって、けっこうおもしろかったのじゃないだろうか。そのどさくさ時代に、もうけたやつもけっこういただろう。どうもそんな気がしてならない。宗教だろうが、社会体制だろうが、経済機構だろうが、みなそういうものらしい。できあがってしまってからあとの者にとっては、おもしろくもおかしくもない」

つまらぬ現実

ある夜おそく、エム氏がふと目をさますと、となりの部屋で物音がしていた。いや、その物音によって目がさめたのかもしれない。

そっと起きあがり、ドアの鍵穴《かぎあな》からのぞいてみた。見知らぬ人影が、懐中電灯であたりを照らしている。やがて、その光が金庫をとらえると、人影はその前にすわりこみ、カバンのなかから各種の道具を取り出し、開けにかかった。

泥棒にちがいない、とエム氏は判断した。他人の家に忍び込み、金庫をこじ開け、なにかを入れていってくれる者など、あるわけがない。あいつは金を盗みにきたのだ。

このままほっとくことはできない。黙って見ていたら、大損害だ。エム氏は大声をあげて飛びかかろうとも考えたが、それは思いとどまった。相手が武器を持っていないとも限らない。それをつきつけられたら、金を持ち去られるという点では、同じ結果になってしまう。なにかいい方法はないものだろうか。

あの金庫をこじ開けるのには、しばらく時間がかかるだろう。ここに気がついたエム氏は、警察へ連絡することにした。さいわい電話器は寝室のなかにある。といっても、たやすい作業ではない。もし、その気配を感づかれたら、奴《やつ》が飛びかかってくるだろう。かっとなった勢いで、おれを傷つけるか、ことによったら殺すかもしれない。しかし、このままでは金を奪われるのだ。

彼はためらわなかった。こんな場合、だれだってためらわないだろう。エム氏はベッドのなかに電話器を持ちこみ、声をひそめて告げた。

しかし、侵入者のほうも、金庫を開けるのに熱中していたためか、エム氏の行動に気づかなかった。そのうちパトロール・カーが到着し、泥棒をつかまえていった。

泥棒は有罪の判決を受け、刑務所に送られ、その不心得な考え方を改心させられつつある。

《なんだ、これは。ちっとも面白くない話だな。こうお思いになった人が多いにちがいない。三文小説だって、最低級のテレビ犯罪物だって、これよりはまだましだ。

まさに、その通り。しかし、これがなぜつまらないのだろうか。その理由は簡単、よくある現実のことだからだ。それなのに、つまらない物語をわざわざ持ち出したのは、現実とはこんなものだということを、知らない人もいるのではないかと心配したからだ。昨今はテレビや小説のなかの事件を、現実と思いこんでいる人が多いのではないだろうか。

いや、そんな心配は無用だ。こうおっしゃるかたが大部分なら、それでいい》

エム氏はべつに大金持ちだったわけでもない。気ままに遊んで暮したいのはやまやまだが、そんなことは不可能な生活状態だ。働かなければならない自分だった。多くの人と同じく、金を得るために、毎日を働かなければならなかった。金を得ることがそう楽なものでないことは、くわしく説明するまでもあるまい。

こうしてたくわえた金を、あやうく奪われそうになったわけだ。

いささか不用心ではないか、こんなことでいいのか、という考えがエム氏の心に浮かんできた。金銭や証券類の保管は、もっと厳重にすべきではないかと反省したのだ。

非常ベルを取りつけることにしよう。彼は専門店に電話し、係員に来てもらった。

とりつけ作業を終った係員は言った。

「これで大丈夫でございます。金庫をむりにこじ開けようとすると、ベルが大きく鳴りひびきます。眠っていても目がさめますし、お留守の時は、近所の人がかけつけてくれるでしょう」

「そうか。ありがとう。これで完全に安心できるわけだな」

「まあ、ほとんど大丈夫ですが、完全とは申せません。金庫破りにくわしい泥棒なら、その対策を用意してからとりかかるでしょう。また、大がかりな犯人なら、金庫ごと持ち去るでしょう。で、いかがでしょう。私どもの店にお任せ下されば、絶対に完全な金庫をお作りいたします。銀行、大会社、在外公館からもご信用いただき、納入いたしております」

「どれぐらいかかるのだ」

とエム氏は質問し、その答を聞いて首を振った。あまりにも高価だ。彼はことわった。

「やめにするよ。完全な金庫を作ったはいいが、全財産をつぎこむことになる。なかに入れるものがなくては、意味がないじゃないか」

「ごもっともです」

係員は帰っていった。

《またしても、愚にもつかない話だ。もっとべつな例をあげたほうがよかったかもしれないが、どれも大同小異、つまらない点では共通している。これが現実なのだから仕方がない。

現実についての議論はいいかげんで打ち切り、このへんで、私自身のことにでも触れることにしよう。少しは面白いかもしれない。

私は精霊なのだ。

笑わせるな。そんなものの存在は信じられない。こうおっしゃりたいかたも多いだろう。だが、中国の古典にも「器物年を経て化して精霊を得、人の心をたぶらかす」との文句が記されている。当時において、精霊の発生する原理に気づいた人もあったわけだ。

たとえば、仏像がある。もちろん、単なる物体にすぎない。しかし、長い年月にわたって、多くの人が礼拝しつづけると、そこにある種の現象が発生する。人の心から仏像への投影、仏像から人への反射、この作用の循環がくりかえされるのだ。人の寿命はたいしたことはないが、物体のほうは長い。定着の蓄積がおこなわれる。ご利益《りやく》のある仏像、奇蹟《きせき》を示した聖像の話などを、聞いたり読んだりした人は多いはずだ。それが精霊の働き。私もその一つだ。

仏像のような古くさい例は困る。こんな主張の人もあるだろう。しかし、そんな人だって、押しボタンを見ると、押してみたい衝動を感じてしまうにちがいない。それを制して行動に移さないですませているといっても、衝動は衝動として存在している。なぜそんな感情が湧《わ》くのかを、考えてごらんになったことがあるだろうか。

押しボタンが作られてから今日まで、この動作が合計して、どれくらいくりかえされてきたか。精霊を出現させるには、不足のない回数だ。その精霊が、人に対して押すようにと呼びかけているのだ。少しはご理解いただけたろうか。

拳銃《けんじゅう》だって同じことだ。拳銃を見ると、理由なく手に握ってみたくなるものだ。拳銃をはじめて見る幼児にしろ、その何たるかを知らぬ未開人にしろ、その衝動は同じであり、めったに握り方をまちがえはしない。やはり拳銃の精霊の働きだ。

できたての物はべつとして、あらゆる物に精霊がある。そして、その力は、年月と人の思念と回数との相乗によって強くなる。拳銃や押しボタンの精霊も、かなり強い力を持っているとはいうものの、私にくらべたら、とるにたらないほど弱い力だ。仏像や聖像だって、私よりは強くない。

私は金銭の精霊。どれだけの年月にわたって、どれだけの人が、どれだけの強さで、私と精神を交流させたか、考えてみていただきたい。私が何にもまして強力な支配力を持つに至ったとしても、当然ではないか》

エム氏は時たま、気ばらしにバーに出かける。彼には行きつけの店があり、そこには憎からず思っている女性がいる。

しかし、その晩はあまり気ばらしにならなかった。あいにく、彼女はべつな客の話相手にばかりなっていた。エム氏は不愉快になってきた。泥棒に入られた時のスリルを話し、彼女の目を見はらせようと意気ごんできたのに、その期待ははたせそうになかった。

ひとりでグラスを重ねていると、酔いは明るく発散せず、悪く回る一方だった。それがしだいに高まり、やがて、ちょっとしたきっかけで、その客との口論がはじまった。口論は激しさをおびてきた。

「おい、表へ出ろ」

どちらからともなく、叫び声をぶつけた。しかし、その時、他の客たちが仲裁にはいった。

「まあまあ、冷静になったらいかがです。そんなに、むきになって争うことじゃないでしょうに」

その言葉で、エム氏と相手とは冷静にかえった。血を見るような事態はさけられた。二人は苦笑いし、頭をかきながら、こう話しあった。

「いや、おとなげないことをしました。子供か酒乱ならべつでしょうが、常識のある大人が、たかが女のことでむきになったりして」

「こっちもそうでした。これが金銭問題ででもあれば、またべつでしょうがね」

《またしても、現実によくある、つまらない話。もっとも、私も出現したての頃は、まだそれほどの支配力をそなえていなかった。だから当時は、現実も物語りの如《ごと》く面白く、物語りは現実にありうる面白さをおびていた。

しかし、いまはちがう。あらゆる人が私の支配下にあり、あらゆる人が、私によって心に植えつけられた原則に従っている。

どんな原則かは、すでに記した三つの話でおわかりのことと思う。しかし、念のために、重複をいとわずまとめてみることにしようか。

第一条。人間は金銭に危害を加えてはならない。また、その事態を看過してもならない。

第二条。人間は金銭の命に従わなければならない。ただし、前条に反する場合を除く。

第三条。人間は前二条に反しない限り、自己をまもらなければならない。

まあ、これでなんとかうまくいっているようだ。時どき、この原則が支配力を失った場合の混乱を想像し、心配でたまらなくなることがある。しかし、おそらく取越し苦労であろう。あなただって、この三原則にほぼ従っておいでのことだろうから》

原因不明

独房のすみの寝台の上に、一人の囚人が横たわっている。

彼はまもなく死ぬことになっていた。もちろんその本人は、自分が近く死ななければならないなどとは、少しも考えていなかった。しかし、関係者の多くは、そうなることを予想していた。

といっても、死刑執行の日が確定したというわけではなかった。第一、彼はそんな重罪犯人ではなく、ただの泥棒にすぎなかった。また、天寿を全うするという年齢でもなかった。彼はまだ四十歳。血圧、心臓も平常で、いわゆる不治の病でもなかった。不治の病ではなかったが、彼のいっぷう変った病状は死期が遠くないことを示していたのである。

囚人は寝台の上で目をつぶり、歯をくいしばっていた。通りがかりにそっと様子をのぞきこんだ刑務所の若い医者は、その足で所長室に立ち寄り、報告をした。

「例の囚人が、また例の発作をおこしています」

年配の刑務所長はうなずき、そばの椅子《いす》を医者にすすめながら聞きかえした。

「またか。いったい原因はなんなのだ」

「原因不明です。診察を重ね、いろいろと文献を調べてみたのですが、どうもよくわかりません。しかし、問題が頭にあることだけは確かです」

「まさか、いつかの囚人どうしの殴り合いがもとではないだろうな。奴《やつ》の頭を見ていると、だれだって殴りつけたくなるだろう。わしの個人的な気持ちとしてはざまあみろだが、わしの公的な立場としては、責任上いささか困ったことになる。殴り合いが原因で囚人が死んだとなるとな」

と、所長は少し心配そうな表情になった。

「さあ、時期的には一致していますが、おそらくちがうでしょう。殴られたという外的な力によるものではなく、内的な原因によるものではないかと思われます」

「というと」

「つまり、心理的な欲求不満です。心のなかに大きな悩みを持っているが、いっこうにそれが解消しない。それが発作となってあらわれるわけです」

「なるほど、欲求不満か。その説明ならわしにもわかる。巨額な財産を持ちながら、それが使えないような状態におかれたら、だれだって少しは異状をきたすだろう。だが、欲求不満であんな症状を示すものかね」

「ヒステリーの発作の症状は、じつに多種多様です。夜中にひきつけをおこす子供、卒倒する婦人などは、いずれも欲求不満によるヒステリーの代表的な例です。あの囚人も、たぶんそのたぐいと思われます。もっとも、何に対する欲求不満によるものかはわかりませんが」

「その原因を取り除くことができれば、発作はおさまるわけだな」

「それはそうですが、原因がわかったところで、取り除くことはできないでしょう。彼を釈放することはできない相談です。刑務所に入ると欲求不満のヒステリーになるからといって、釈放する前例を作るわけにはいきません。また、例の件を彼に喋《しゃべ》らせ、あきらめをつけてさっぱりさせれば快方にむかうでしょうが、これは不可能でしょう。彼は死んでも喋らないつもりにきまっています。いずれにせよ、手のつけようがありません」

「なるほど。そういうことになるな」

「そのため発作はおさまらず、おさまらないどころかホルモンの分泌《ぶんぴつ》が異常になり、発作の間隔がしだいに短くなる。最後には連続的な発作、つまり死です」

と眉《まゆ》を寄せる医者に、所長は身をのりだして聞いた。

「その時期はいつごろになる」

「断言はできませんが、十日から二週間ほど先といったところでしょう。第一回目の発作がおこったのが、ほぼ二年まえ。彼が頭をなぐられてから五十日後でした。第二回目が、そのさらに四十八日後です」

「その頃は変だと思わなかったのかね」

「ええ、そう苦しそうでなく、すぐおさまりました。その周期に気がついたのは、それからずっとあとです。カルテを調べてみると、発作の間隔が少しずつ短くなっている。この頃はひっきりなしですし、発作の時間も長くなってきました。今までの調子でしたら、十日後には発作がつながってしまいます」

「ロケットなら、秒読みが終り、打上げ成功というところだな」

所長は冗談を口にしたが、笑ってはいなかった。

「それで死ぬかどうかはわかりませんが、歯をくいしばったままでは、食事ができません。しだいに衰弱する一方でしょう。それに、そうなっては喋らせようがありませんよ」

「ところで、本人はあと十日と知っているのかね」

「いえ、そんなことは私としては言えません。本人も気づいてはいないでしょう。この種の発作は、そのあいだのことは何ひとつ覚えていないものです。おさまったあとは、夢からさめたのと、たいしたちがいのない気分でしょう」

「夢か。奴の夢をのぞいてみたいものだよ。わしばかりでなく、だれだって……」

と、所長はひとり言を口にした。

その問題の囚人はただの泥棒にすぎなかったが、ある意味では、ただの泥棒とも言えなかった。彼は二人の仲間とともに宝石商を襲うことを計画し、そして成功した。しかし、成功したのは彼ひとりだけだった。

一味は宝石商に押入り、多額の現金と、かなりの宝石を鞄《かばん》におさめた。そのあと捜査網を突破するため、かねての打合せどおり別々に逃げ、かくれ家で落ちあうことになっていた。だが、鞄を持った彼は、捜査から逃げたばかりでなく、二人の仲間からも逃げてしまった。かくれ家で待ちくたびれた二人はやがて気づき、

「ひどい奴だ。見つけたら殺してやる」

と誓いあったが、それを実行するには至らなかった。彼は温泉地を転々と逃げまわったあげく、一週間ほどで逮捕されてしまったのだ。刑務所に入ってしまっては、手のつけようがない。そのかわり、二人は相談をしてアリバイを作ることができ、証拠不充分で無罪となることができた。

しかし、これですべてが解決したわけではなく、大きな問題があとに残った。彼の足どりを調べてみると、盗んだ金額と使った金額とのあいだに、相当な開きがあった。どこかにかくしたのではないかとの想像は、だれにでもつけられた。

警察はもちろん、この点を強硬に追及した。だが、彼の答は同じことのくりかえしだった。

「落してしまいました。あの時は、警察につかまるまいと夢中でしたからね。気がついてみると、鞄がありません。道で落したのでしょうか、旅館に忘れたのでしょうか、それとも、汽車の網棚かな……」

拾得者は出なかったし、常識で考えても簡単に信用できる話ではなかった。たしかに、どこかにかくしたにちがいない。

警察ばかりでなく、二人の仲間、彼の妻、その妻につきまとう青年、さらに多くの弥次馬《やじうま》まで、それを探し出そうと試みた。しかし、彼はヒントになるような事さえ洩《も》らさないのだから、とても発見できるものでなかった。

彼の弁護士も自白をすすめ、金さえかえせば罪が軽くなることを保証した。あまり彼が黙りつづけるので、

「どうだ、山分けにしないか。そうすれば最高の弁護をしてやるが」

とも水をむけてみた。しかし、彼はあくまで黙り通し、その結果、刑務所に送られたのである。

所長が囚人の夢をのぞきたがったのも、無理はなかった。所長は組んでいた腕をほどき、思いついたように医者に聞いた。

「仮病ということは考えられないかね」

「ええ、ヒステリーという病気はほかの病気とちがって、気質的なものではありませんから、仮病との見わけがつけにくい点はあります。ヒステリーは簡単にいえば無意識的な仮病なのです。しかし、彼が仮病をつかう理由が見当りません。彼が仮病になって、なにか得になる点があるでしょうか」

「うむ。そういえば特に思いつかないな……」

所長はまた腕を組み、首をかしげた。そして、しばらく考えたあげく一つの提案をした。

「どうだろう。もう長くないことを、本人に知らせてみたら」

医者はふしぎそうに聞きかえした。

「なぜです。死期を告げることは、医者の立場では気が進みません」

「奴もまさか、本気で地獄まで金を持ってゆくつもりではあるまい。これで死ぬのだと知れば、気が変って金のかくし場所を喋らないとも限るまい。それに、喋ることによって欲求不満が打ち切られ、例の発作がおさまるかもしれない」

「なるほど」

「金がもどり、病気がなおることになれば、けっこうではないか。それによって、奴の刑期を短くすることもできるだろう。死期を告げるのは医者としての良心に反するかもしれないが、これだけ揃《そろ》えば、そう問題もおこらないのではないかな」

「そうですね、私は特に反対はしません。しかし、そのようなかけひきは、私はどうも苦手です」

「責任はわしがとる。ひとつ、あの囚人を病人用の個室に移してくれ」

囚人はものものしく病室に運ばれた。所長はものものしい態度でそこを訪れ、話しかけた。

「どうだね、気分は」

囚人は寝台の上にすわり、妙な表情で答えた。

「さっき発作がおこったようですが、べつに気分が悪いというほどのことはありません。しかし、なんでこんな病室に移されたのです。大げさすぎるではありませんか」

「じつは、どうも話しにくいことなんだが……」

「遠慮なくおっしゃって下さい。私は死刑囚ではありませんから、その点はのんきなものです」

「じつはそのことなんだ。きみは死刑囚ではないが、そう長くは生きられないんだ」

囚人は目をぱちぱちさせた。

「それはなんの冗談です」

「冗談ではない。さっき医者の報告を受けた。それによると、きみの発作はしだいに間隔が短くなっている。まもなく、その間隔がなくなり、手のほどこしようがなくなってしまうそうだ」

「発作はおこりますが、死にそうな気は少しもしませんね。本当なのですか」

「ああ、いまのままだと、あと十日ぐらいでそうなってしまうそうだ。どうだね。この際、胸につかえていることを全部喋ってしまったら」

「喋るって、なにをです。べつに心当りはありませんが」

「例の、盗んだ金のことだよ。このまま黙りつづけていても、だれの得にもならない。喋ったらどうだね。気持ちも落着くし、決して悪いようにはしない」

所長は少し結論を急ぎすぎたようだった。囚人は目を見開き、ふいに声を高めた。

「あなたまでがそれを疑っているのですね。ええ、私は確かに金を盗みました。それは認めます。だからこそ、この刑務所にいるのです。しかし、かくしたりはしていません。落したのです。いつも主張している通り、知らぬまに落してしまったのです。どうして、だれも信用してくれないのだろう。喋りようがないではありませんか。でたらめを喋れというのですか。それでよかったら、いくらでも喋りますよ。ああ、なんというひどい話だ……」

「まあまあ、静かに……」

と、所長は延々と続くぐちをさえぎろうとしたが、囚人はさらに大声でつづけた。

「わかった。これは芝居なんだな。私をだますために仕組んだものだ。命はあと少ししか残っていない。死ぬ前に喋ったらどうだ。なるほど、手のこんだ、うまい芝居だ」

「まあ、よく聞いてくれ。決して芝居ではない。きみの発作から導かれた結論なのだから」

「いや、この発作だって怪しいものだ。食事に薬でもまぜ、人工的に発作をおこさせたにちがいない。そうだ、いつか私の頭を殴った奴があったが、発作はあの時からはじまった。いざという時の責任のがれのために、薬をまぜはじめるのに、あの時期を選んだのだろう。それとも、あいつもぐるなのだろうか。いずれにせよ、無茶な話だ。

本人も知らない、落した金のありかを喋らせるために、こんな目にあわせるとは。ええ、かくしたのなら喋りますが、落したのですから、でたらめしか……」

「まあ、誤解しないでもらいたい。きみの気を悪くした点はあやまる」

「すると、やはり芝居だったのですか」

「いや、きみの病気については本当なのだ……」

と、所長は筋道をたてて、ゆっくりと説明しはじめた。それと共に、囚人は少しずつまじめな顔つきになっていった。

「では、やはりあと十日なのですね」

「断言はできないが、医者の話によると、それぐらいのものらしい」

「ああ……」

と囚人はため息をつき、がっかりした様子で寝台に横になった。所長はなかば同情し、なかばほくそ笑み、囚人のうえに身をかがめて、やさしく問いかけた。

「なにか望みはないかね。たとえば、だれかに会いたいとか。名前をあげてくれれば、面会を取りはからってあげる」

「だれにも会いたくはありませんよ。みな、私が金をかくしたものと思いこんでいる」

「そう言うな。もう二度と会えなくなるかもしれない。今までとちがって、立会人なしで面会させてあげる。だれかいないのか。通知を出してあげるが」

「そうですね。では……」

囚人はしばらく黙って考えていたが、やがて数人の名をあげた。そして、話し終ったとたん、また例の発作をおこした。

二日後の夕方、囚人への面会人たちが刑務所を訪れた。

「どうぞ、まず奥様から」

所長の取次ぎで、一人の四十ちかい女が病室に入ってきて、寝台の上の囚人と二人だけになった。

「あなた、どうなの。工合は」

彼女はおおいかぶさるように、くしゃくしゃの顔を近づけた。それは悲しみのためではなかった。ずるそうな表情をにこやかさでごまかそうとした複雑な顔つきだった。亭主と別れてしまいたいものの、噂《うわさ》のように大金をかくしているのかと思うと、それもできず、ずるずると今日に及んだといった顔つきだった。

「ああ、苦しくはない。だが、医者の話だと、もう長くはないそうだ」

囚人のほうは単調な声で答えた。女はさらに複雑な表情をし、複雑な声で言った。

「しっかりしてよ。あたしはずっと待っているから。あなたを信じて愛しているのは、世の中であたしだけなのよ」

「いや、こっちのことは心配しないでくれ。もう、何もかも終りなのだ」

「いいえ、心配しないではいられませんわ」

いささかぎごちない口調だったが、囚人はそれを気にしなかった。

「おまえが私のことを、そんなに心配しているとは知らなかった。そうだったのか。それをみこんで、たのみがある」

「なによ、なんでもするわ」

「じつは、例の盗んだ金のことなのだ」

と、囚人は声を低くした。彼女は目を光らせ、顔をさらに近づけた。

「落したのでしょう」

「そう言ってはきたが、それは嘘《うそ》で、ある場所にかくしてある。それを教えよう。死んでしまっては、どうしようもないからな」

「教えてくださるの」

「ああ、そして、おまえの口から警察にとどけてもらいたいのだ。私が死ぬまぎわに、おまえの愛情で良心をとりもどしたと言ってな。どうだ、そうしてくれるかね」

「ええ、もちろんそうするわよ。それで、どこなの、かくした場所は」

「Kという温泉地がある。そこの……」

と、囚人はくわしく場所を話した。彼女ははじめのくしゃくしゃした表情に、さらに喜びと満足と期待とを加えた、たとえようもない顔つきになり、病室から出ていった。

「おつぎのかた……」

三十ぐらいの若い男が入ってきた。囚人とは遠い親戚《しんせき》にあたり、かつては彼の家に出入りしていた。彼の妻がこの男に色目をつかい、男もそれに応じていたことを彼は察していた。いまだにつきまとっているのは、彼の妻が例の金のヒントを握っているだろうと、目をつけているにちがいなかった。

「どうですか……」

と男は、なぜ自分が呼ばれたのかととまどいながら、当りさわりのない見舞の言葉を口にした。

「もう聞いたろうが、私はまもなく死ぬらしい。あとは、彼女のことをよろしくたのむ。きみは彼女に気があるらしいし、彼女もまんざらきらいではなさそうだ」

「いや、決してそんなことは……」

男はわけがわからず、言葉をにごした。だが、囚人はそれにかまわず、

「ごまかさなくてもいい。そこをみこんで、たのみがある。そのために、きみを呼んだのだ。じつは例の金のことだ」

「あの問題の金ですね」

男は意外そうな声をあげた。囚人は反対に低い声になった。

「そうだ。彼女は世の中から、あの金を預っていると思われ、苦しんだにちがいない。その疑いを晴らしてやりたいのだ」

「しかし、どうやってです」

「かくし場所をきみに教える。きみはそれを警察に報告すればいいのだ。それで彼女の疑いが晴れる。彼女も喜び、きみと一緒になる気になるだろう」

「引きうけてもかまいませんが、早く元気になることのほうが……」

男ははげましの言葉を言いかけたが、途中でやめてしまった。

「ひきうけてくれるかね。きみだけに話すから、だれにも言わずに、やってくれるかね」

「ええ、わかりました」

つぎには、強盗の時の仲間の一人が入ってきた。そして、同様に複雑な表情で話し

かけてきた。

「あの時は、おまえを殺してやろうと思ったぜ。盗んだ金をひとりじめにしたんだからな。だが、所長の話では、あまり長くはないらしいな。天罰というものかもしれないぜ」

「ああ、そうらしい。この頃はつくづくそう思う」

「ところで、なんでおれを呼んだのだ。言い残したいことでもあるのか」

「考えてみると、私は人間の屑《くず》だったようだ。死ぬ前にそのつぐないをしたい。例の金のかくし場所を教えるから、きみの口から警察に知らせてくれ」

「なんだ。やっぱりかくしていたのだな。だが、なんでおれに教える気になった。自分の口から言えばいいだろう」

仲間の一人は不審そうな顔になった。

「もちろん、そうも考えた。しかし、あの金の所在については褒賞《ほうしよう》金がついていると聞いている。私ではそれがもらえないが、きみならもらえるだろう。きみを裏切った私からの、最後の贈り物だ」

「なるほど。いい所もあるな、お前は。だが、もう一人の仲間はどうしよう」

「教えるのはきみだけだ。褒賞金を分けたいのなら、きみから渡してくれ」

そして、囚人はかくした金の所在を告げた。いれかわりに、仲間のもう一人が入ってきた。囚人はそれにも同じことを話した。

最後の見舞客は、裁判の時の弁護士だった。囚人はまた同じようにくりかえした。

「先生にもお世話になりました。しかも、嘘をつき、ご迷惑をかけました。医者の話だと、まもなく死ぬことになりそうです。じつは、例の金はかくしてあるのです。ほかの者は、どうも信用できません。そこで、先生においでいただいたわけです。どうぞ、警察によろしく伝えて下さい」

「わかった。その通りにしよう。ほかになにか」

「ありません……」

囚人はその場所を告げ、またも発作をおこした。

次の日のK温泉。ここは景色のよい山ぞいの地だ。谷川のせせらぎが聞え、空気は澄みきって、すがすがしかった。だが、あたふたとここに駆けつけてきた者にとっては、景色だの、空気だの、湯かげんだのはどうでもよかった。問題は金だ。宝石もいっしょにある。きのう聞いた言葉が、耳の奥にこびりついている。その言葉を、きのうから何度くりかえしたことだろう。まもなく、その場所にたどりつけるのだ。ここから遠くない、あそこにあるのだ。

きのうの面会のあと、ほかの連中がみな、こっちの顔をじろじろと見つめていた。まるで、なにか聞き出したのだろうと、問いつめるような視線だった。しかし、もちろんそしらぬ表情をしつづけた。ほかの者に言うなとの約束なのだから。

だが、約束をまもるのはその点だけだ。なにも、警察に渡すことはないだろう。盗んだのは彼で、その刑は彼がひきうけ、しかも、まもなく死んでしまうのだ。警察に渡したりするのは、馬鹿《ばか》のやることだ。そんなことをしたら、一生後悔しつづけるにきまっている。それに、彼に対しては今まで、ずいぶんつくしてきた。こんどはこっちが恩恵にあずかる番だ。当然その権利がある。しかもそれは、もうすぐなのだ。

窓からその場所をのぞきながら、夢み、また焦《あせ》りながら夜を待った。明るいうちは人通りがあり、包みを手にする所を見られでもしたら、とりかえしのつかないことになる。あまり眺めつづけたので、その場所は目をつぶっても行けそうなほど、頭のなかに入ってしまった。

そして、夜になった。だが、舌打ちをしなければならない状態になった。その場所のそばに照明がついてしまったのだ。ついに待ちきれなくなり、旅館の者に聞かずにはいられなかった。

「あの照明は、一晩じゅうついているの？」

旅館の女中は妙な質問にとまどいながらも、答えてくれた。

「十一時に消えます」

十一時か。早く消えてくれ。暗闇《くらやみ》のなかでも行けるだけ、すっかり頭に入っている。期待にあふれた、あと数時間。

もちろん、警察のほうでも、手をこまねいていたわけではなかった。囚人に勘づかれて口をつぐまれると困るので、病室に盗聴器はつけなかったが、所長からの連絡で面会した者のすべてに尾行をつけていた。私服の警官は、尾行をつづけたあげく、このK温泉まで来た。

やはり、あの囚人は何か喋《しゃべ》ったらしい。そうでなかったら、こんな所までやってくるはずがない。しかし、ほかの私服もここに来たようだ。面会した奴《やつ》らは、お互いに牽制《けんせい》しあって、ここにやってきたにちがいない。だれが場所を知っているのだろう。それはまもなく判明する。自分の受けもった相手から目を離すことなく、あくまで尾行をつづけていれば、自然にそこに行きつけるのだ。できたら、自分の手でつかまえたいものだ。なにしろ、あれだけ評判になった金だ。

早く相手が動きだしてくれないものか。なにをぐずぐずしているのだろう。期待にあふれた、いらだたしい時間。

独房のなかに一人の囚人がいる。だが、彼は横たわってはいなかった。医者の言った期日が過ぎても、いっこうに死にそうになく、再び病室から戻されてしまったのだ。

所長室では、所長と医者とが彼を話題にしていた。

「あれ以来、例の原因不明の発作はおこりません」

と医者は報告し、所長はうなずいた。

「ああ、あの発作にはずいぶん悩まされた。一時はどうなるかと思ったが、おさまってよかった。つまり、原因となる欲求不満が解消したわけだな」

「そうでしょう。もう心配はいりません。ということは、あの時の面会人のだれかに、金のかくし場所を教えたことになりますね」

「それはたしかだ。そうでなかったら、みながK温泉などに集るはずがない」

「しかし、まさかあんな結果になるとは思いませんでした。つり橋が落ちて全部が死んでしまうとは」

「驚いた話だ。一時に四人以上が渡っては危険だという立札を無視して、高い谷川のつり橋を渡るなどとは。金の包みは、橋の裏に結びつけてあったのだろうが、無茶なことをしたものだ。全く、鹿《しか》を追う猟師、山を見ずというたとえの通りだな」

「ええ、しかし、問題の金はどうなったのでしょう。気になりますね」

「だが、なにしろ、あの時面会した者はみな落ちて死んでしまった。それに、尾行した警官たちまでだ。川の急流で運ばれてしまったのか、ほかの第三者が持ち去ったのか、もはや調べようがない」

「原因不明の事故でしたね。だけど、囚人がせっかく喋ったのに、残念でなりません」

二人はしきりとくやしがった。

独房のなかに一人の囚人がいる。金の所在について、うるさく聞かれたくないという欲求不満の去った彼にとっては、刑期が終り、豊かな世の中に出られる日を夢みることが、ただ一つの楽しみだった。

ぼくらの時代

　なにかすごく楽しい夢を見ていたのだけど、それが中断されてしまった。残念だなあ。ベッドが軽く動き、ぼくの目をさまさせたのだ。また同時に、自動的に噴き出した覚醒《かくせい》させる薬を含む霧が、顔のあたりにただよってきた。

　白濁した液を濾紙《ろし》でこしたみたいに、ぼくの頭ははっきりしてきた。天井にはめこんである時計が、暗いなかでぼんやりと光り、午前二時をさしていた。枕《まくら》のなかにある小型スピーカーが、ぼくの耳にささやいた。

「前の道で自動車がとまりました。だれかがこっちへ来るようです……」

　屋根の上の高感度の集音機がそれをとらえたのだ。夜中に来訪者がある場合、いちおうこうやって知らせてくれる。防犯用にはレーダー式のを使っている家が多いが、ぼくは集音機式のほうが好きなんだ。

　ここは都会からはなれた、湖のそばにあるぼくの別荘。建物はちっちゃいが、庭はわりと広い。まわりには改良種による七色のバラの花をめぐらしてある。休みの日になると、ぼくはいつもここへ来る。

金属とコンクリートで構成された都会ぐらしばかりだと、精神的にも肉体的にもよくないんだそうだ。ぼくはここで花のせわをしながらいい空気を吸ったり、緑の山を眺めたり、湖のほとりでスポーツをやるのが大好きだ。いまは週末ではないが、ひと仕事が終っての休暇で、きのうからここに来ている。

ぼくは二十歳。一般の人よりずっと早く実社会に出てしまった。学校制度が変り、むかしの悪平等があらためられたおかげで、成績さえよければ、どんどん進級させてもらえる。三十歳をすぎてもまだ大学を出られない人があるが、ぼくはその反対。でも、ずいぶん勉強はしたな。

学校ばかりでなく、社会も同様。才能と実力が正しくみとめられる時代。合理的でいい時代だと思う。

こんな夜中にだれだろう。ぼくはベッドからおり、窓からそとをのぞいた。道に自動車がとまっており、ひとりの男がこっちへやってくる。ぼくの庭に入ってきた。どことなく動作が不審だ。

赤外線テレビで顔を見てやろうと思ったけど、それはやめた。それをやると、相手が探知し、留守でないことを知ってしまう。ぼくはもう少し様子を見ることにした。

男は玄関の前へ来て、ポケットからなにかを出し、ドアの電磁錠をいじりはじめた。いよいよ怪しい。普通のお客なら、まずベルを押してみるべきじゃないか。

やつはうまくドアを開けるだろうか。ぼくはレーザー銃を手にしてじっと待った。相手はついにドアを開け、足音をたてずに侵入してきた。靴の裏に消音装置がついているらしい。物なれたやつのようだ。

ぼくはレーザー銃のボタンを押した。まず特定の電波が出て、相手に問いかける。ぼくの知人なら、それに反応する装置を持っているから、ブザーが鳴るはずなのだ。しかし、なんの音もしない。

ぼくは引金をひいた。目もくらむような光線が暗いなかをほとばしって、相手の腹部をつらぬいた。男はあわてて銃を抜きかけたが、その前にぼくはとどめをさしてしまった。うめき声もすぐに消え、あたりには静かさがもどってきた。

壁のボタンを押し室《へや》の照明をつけると、男の死体がはっきり見えた。ほんとに危いところだった。もしかしたら、今ごろはこっちが殺されちゃってたかもしれない。

ぼくはほっとし、倒れている男のポケットをさぐった。国際警察の局員の身分証明書が出てきた。やっぱりそうだったのか。ぼくも目をつけられたようだ。留守中にしのびこみ、なにかをかぎ出そうとしたのだろう。しっぽをつかまれるような書類のたぐいを、ここにおいとくほどぼくはまぬけじゃないのに。

ぼくは死体をかつぎあげ、大型のディスポーザーにほうりこんだ。棚からびんを取り、その液を加えた。これは分解促進液。もとの品がなんであったかわからないまでに、完全に分解してくれるのだ。

スイッチを入れると、連動しているテープがまわり、ハイドンの曲が流れてきた。古いなごやかなメロディーに乗って、いらなくなったものはなんでも分解し、どこかへ捨てちゃってくれるのだ。

ぼくはそれから、べつな液を室内に噴霧した。これは血のあとを消してくれる。ただよっていた血の匂《にお》いも消え、さわやかになった。ぼくは血の色や匂いをあまり好きじゃない。しかし、もうみんな消えてしまった。

殺人もなにも起らなかったのと同じことだ。たとえ裁判になっても、証拠不充分で釈放になる。人権が尊重されている時代のおかげなんだ。

自動車でやってきたのはこの男だけで、ほかに仲間はいないらしい。だけど、目をつけられたとなると、ここにとどまっていてはあぶない。ぼくは都会の室に帰ることにした。

机のボタンを押すと、コーヒーが出てきた。それを飲みながら、二度とこられないかもしれないこの別荘に別れをつげた。せっかくバラの花を咲かせたのに。しかし、感傷にひたっていてはいけない。古くても残すべきものはある。たとえばハイドンの曲。残すべきでない古いものもある。たとえば感傷だ。お金さえ出せば、好きな場所の別荘をすぐにかりることができる時代なんだ。

ぼくは服を着て車に乗った。そして、近くのヘリポートに行った。明るい照明のなかに、何台ものヘリコプターが並んでいる。そのなかのひとつに入り、操縦盤のそばの穴に一枚の金貨を投げ入れた。これが均一料金。内部の鍵《かぎ》がはずれ、百キロ以内にあるヘリポートなら、どこへ飛んで乗りすててもいいのだ。

夜の空をヘリコプターで飛ぶのはいい気持ちだ。ぼくは都会のはずれのヘリポートにおり、モノレールに乗った。それから、高速地下鉄に乗りかえ、さらにエスカレーターを利用し、ビルの三十階にあるぼくの室へと帰りついた。

いまのことを連絡しておこう。ぼくは室のすみのテレビ電話の前にいった。盗聴防止器をセットし、ダイヤルをまわした。しばらくすると、画面にぼくの上役のパップさんが出てきた。三十歳ぐらいの、どこか神経質な人で、眠っていたらしく髪の毛が乱れている。彼はアジア系とラテン系との混血だそうだが、くわしいことは知らない。人種がどうのこうのなんていうのは、古くさい感情だ。いまは人間どうしの信頼が大切なんだ。

　ぼくは報告した。

「さっき別荘にいってたら、おまわりが入ってきたんです。ぼく消しちゃいました」

「あとしまつは大丈夫なんだろうな……」

　パップさんはいい人なんだけど、神経質なとこだけはいやんなっちゃう。こんど人を殺す時には、なにもかも小型ビデオにとっておいて見せてやろうかな。早く性格改造機といったものが開発されればいいのに。

　思い出したようにパップさんが言った。

「……そうそう、さっき本部のミスター・エヌから連絡があった。お前に特別な任務を命令したいそうだ。ちょうどいい、もう一台のテレビ電話をつけてくれ。わたしもその話にたちあいたい」

「了解」

　ぼくはダイヤルをまわした。テレビ電話のスクリーンは三面鏡のようになっていて、いながらにして大ぜいが会議を開けるのだ。

　ミスター・エヌと聞いて、ぼくは緊張した。彼はぼくたちの属する国際犯罪シンジケート、ユニコーン連盟の幹部のひとりなんだから。ユニコーンとは伝説上の動物の名前なんだそうだ。馬や鹿《しか》やゾウやイノシシをよせ集めて、一本の角をくっつけた形。絶対につかまらないのが特徴だという。すてきな動物だ。

ユニコーン連盟の本部がどこにあるのかは、ぼくも知らない。いつかパップさんに聞いてみたけど、彼もよく知らなかった。しかし、大きな潜水船のなかにあって、たえず海中を移動してるんじゃないかなって言っていた。そうだとしたら、いまはここと反対側の海にでもいるんだろうな。こんな時間に電話で話せるんだから。

潜水船のなかには高性能の電子計算機があって、どんな情報も分類されているという。エレクトロニクスの進歩のおかげなんだ。小型化が進まなかったら、とても船にはつみこめなかったろう。

世界中の最新の科学データも整理されていて、必要に応じて、秘密工場ですぐに実用化される。別荘で使った血液のあとを消す薬もそのひとつだ。スエーデンの医学雑誌にのった論文と、チリの応用化学会で発表された講演、それにある方程式を適用し、組合せたらすぐにできてしまったそうだ。

この調子で、なんでもできちゃう。薬が国際警察の手に渡ったって、こっちはその上をゆくものを作れるのだ。警察のほうは、いつも後手。きっと、必要を感じないから、熱心に作ろうとしないんだろうな。

ほんとに、必要は発明の母だ。こんなものがあればいいなと感じ、努力さえすれば、科学は必ず与えてくれる。人類の文化はそれで進んできたんだ。

テレビの画面が明るくなり、ミスター・エヌの顔があらわれた。ひげをはやしていて、ちょっとふとっていて、貫禄《かんろく》がある。だけど整形美容で変えたんじゃないかと、ぼくは思う。

整形した顔の相手とテレビ電話で話すなんて、どこか矛盾しているようだ。だけど、表情を知ることはできる。嘘《うそ》発見機つきの電話が発明されるまでは、それも仕方がないことだろう。

そんなことを考えてるぼくに、ミスター・エヌは言った。

「簡単に指示を伝える。アラスカにある極地研究所にマガー博士という学者がいる。彼に接近してもらいたい」

電子翻訳機のおかげで、意味ははっきりわかった。ぼくは目を輝かして言った。

「はい。博士を消すのですか」

「いや、そうではない。いまの研究を急ぐよう、博士に強制するのだ。わかったか」

「わかりました」

事情はわからないが、これは命令なのだ。

「たのんだぞ。くわしい打合せはパップとやってくれ」

こう言い終って、ミスター・エヌは画面から消えてしまった。ずいぶん忙しい人だ。

ぼくはパップさんと相談をつづけた。

「なんでこんな命令が出たのかは帰ってから聞きましょう。まず実行がさき。どんな手はずでやりましょうか」

「とりあえず、マガー博士についての資料をそっちに送る。ひと通り目を通してくれ。くわしい打合せはそれからにしよう」

いちおうテレビ電話は終った。ぼくはシャワーをあび、マッサージ器にからだをまかせ、さっぱりとして室に戻った。

すると、シューターの口からカプセルが出てきた。パップさんのところから、もうとどいたのだ。なかには、マガー博士の研究のあらましを記した、マイクロフィルムとビデオテープがあった。これを読まなければならない。

ぼくは自動調理機で作ったサンドイッチを食べながら、資料を学習機にかけ、頭におさめようとした。しかし、なかなか進まない。仕方がないから、理解促進剤を飲んだ。乾いた地面に降る雨のように、すらすらと頭に入ってくる。もっとも、この薬は四十時間しか持続しないんだ。それがすぎると、みんな頭から抜けてしまう。だけど、こんな時にはすごく役に立つ。

マガー博士は南極開発に関する、重要な部門の責任者らしい。厚い氷層のなかに建造物を作ることが専門なのだ。また、博士の性格もわかり、家族や親しい友人たちの立体写真もあった。

ひとわたり知ってから、ぼくはパップさんに、またテレビ電話をかけた。

「やっと勉強がすみましたよ」

「ごくろうさま。では作戦だ。きみは博士のむすこに変装してくれ。むすこはオーストラリアから、うまいぐあいに休暇で帰宅しようとしている。ユニコーン連盟が途中で妨害し、六時間ほどそれをおくらせる。そのすきに博士に近づけばいい」

「やってみましょう」

「メーキャップ・セットは、すぐそちらに送る。必要な身分証明書や、非常用の道具もいっしょに送る……」

やがて、それらがシューターから出てきた。この非常用の道具というやつは、あまり楽しいものじゃない。警官隊に追いつめられた時に使うものだ。早くいえば、あらゆる探知装置からかくれることのできるカプセルだ。いざとなったら、それにからだを入れて、地面のなかや水中にもぐるのだ。

高カロリーの食料が入っており、それがなくなれば、冬眠状態にもなれる。そして、ほとぼりのさめるまでじっとしていろというのだ。折りたためば小型になり、たいした荷物ではないが、そんな自分を考えると、なさけなくなっちゃう。でも、パップさんは心配性だから、忘れるとうるさい。

立体写真のフィルムをメーキャップ器に入れると、ぼくの顔はマガー博士のむすこにそっくりとなった。

準備がすっかりととのったら、朝の八時になっていた。ぼくは空港へとむかった。ちょうどラッシュ・アワーで空港のビルはこみあっていた。マガー博士のむすこも、そのなかにいるかもしれない。しかし、ユニコーン連盟の者が、たくみにひきとめているだろう。連盟の誘惑隊員の手にかかったら、どんなかたぶつもつい引きこまれてしまうんだから。

ぼくは航空機に乗った。アラスカの第一空港まで三十分。気象コントロールのおかげで、時刻表どおりに正確に運航している。

ぼくのとなりの座席には、女の子がすわった。ちょっとした美人だったけど、ぼくは話しかけたりしなかった。まだ頭のなかに入っている、氷についての専門的知識をそれとなく喋《しゃべ》ったら、彼女は驚いて尊敬してくれるだろう。だけど、ぼくはその欲望を押さえた。いまは仕事中なんだ。仕事と恋愛が両立しないのは、過去も現在も同じだ。きっと、未来だってそうだろう。

第一空港に着陸した。ぼくはジェット・カーを借り、それを運転して極地研究所のある町にむかった。所要予定時間は四十分。国際間の移動より国内での移動のほうが時間がかかる傾向は、まだ当分つづくんだろうな。

それでも、広々とした眺めがぼくの目を楽しませてくれた。町は近代的な清潔な感じだった。研究所をとりまくように、商業や住宅の地区ができていた。

証明書を見せて研究所の入口を通ろうかと思ったが、気がついてやめた。もう少し待てば、昼休みとなって博士が出てくる。博士が帰宅して昼食をとる習慣の持主であることを、ぼくは知っていた。

駐車場で博士の車をさがし出し、ぼくはそのそばにひそんでいた。予想どおり博士は出てきた。しかも、つごうのいいことにひとりきりだ。

車に乗ろうとするところを、ぼくはつかまえた。ぼくを見て一瞬むすこと思い、油断したらしい。車の防犯装置が動く前に、ぼくもなかに乗ってしまった。車を走らせながら、マガー博士はあわてた声で言った。

「いったい、あなたはだれです。なんの用です。国際警察のかたですか」

「そんな子供だましの機関のものではありません。ユニコーン連盟の一員です」

連盟の名は知っていたらしく、博士はおろおろした。五十歳ぐらいの温厚そうな人なので、ちょっとかわいそうな気もした。博士は言った。

「わたしを殺そうというのか。やめてくれ。わたしの研究はきみたちとはなんの関係もないはずだ」

「いえ、殺すつもりはございません。先生の研究を早めるよう、正しくは一ヵ月以内に完成するよう、お願いにきたのです」

「冗談じゃない。あと半年はかかる予定だ。そう早くはできんよ……」

「ほんとにそうですか。でしたら、仕方ありません。ぼくは殺すつもりになってきました」

「まあ、待ってくれ……」

「もし、ご承知いただければ、完成と同時に、充分な報酬をおとどけすると約束いたします」

「わかった。努力するよ」

博士は考えてから言った。そうだ、そう答えればいいんだ。人間、やる気になって本心から努力すれば、たいていのことはできるものなんだ。

どうも公的な資金で運営されている研究所の人は、その点の心がまえがかけてるようだ。むかしからそうだったんだろうな。

ぼくは博士に承知の答えをくりかえさせ、それを録音にとった。後日の証拠とするためだ。また、もし約束を破った場合について、巧妙な言葉でおどかした。まあ、これだけ念を押せば大丈夫だろう。

ぼくは博士と別れた。別れぎわに、睡眠剤を含んだ霧を吹きつけた。博士は眠ってしまった。だが、車は自動操縦でさっきの駐車場へ戻ってゆく。それまでに、ぼくははなれた場所へ逃げてしまう。

ぼくは腕時計につけた装置で、ある電波を発信した。任務の成功を報告する合図だ。盗聴防止器を持ち歩けない時は、こうするより仕方がない。

顔の変装を落し終ると、高速バスが通りかかった。ぼくはそれに乗り、海岸にある観光地でおりた。ここにはユニコーン連盟の支部がある。

電波の合言葉が一致し、ドアが開いた。ぼくは目を丸くした。さっき航空機のなかでとなりあわせた女の子がそこにいた。ははあ、ぼくを監視するためか、ぼくに協力するためかしらないが、指令でそうなってたんだな。へたにおしゃべりしないでよかった。へんな報告をされたら、給料をさげられちゃうところだった。

しかし、仕事はもうすんだのだ。ぼくは言った。

「さっきはどうも……」

「ぶじに成功してよかったわね……」

彼女もさっきの電波を受信しそれで知ったのだろう。

「たあいない仕事だったよ」

「これから、なんでお帰りになるの。万一の場合を考えて、ここでは水上ジェット艇を用意しといたのよ。あたしが操縦して、うまく脱出させてあげようと……」

「ちょうどいいや。それで途中まで送ってくれよ」

「ええ」

話はきまり、ぼくたちは艇に乗った。速力は航空機の五分の一だが、海の上を滑るように走るのは楽しい。仕事はすんだのだし、ちょっとした美人といっしょなんだもの。

途中、太平洋上の浮島に寄った。ここは高級な観光基地で、夏には北、冬には南へと移動するんだ。ぼくたちはレストランに入り、海底牧場でとれたての、新鮮な魚料理を食べた。

彼女はそこからジェット艇で戻り、ぼくは定期航空の便で帰った。

アパートの室《へや》に戻ると、夜になっていた。ぼくはまず、テレビ電話でパップさんに報告した。

「うまくゆきました。報告書その他は、すぐに送ります」

「ごくろうさま」

「しかし、なんのための仕事だったんですか。こんなことははじめてですよ」

「簡単な理由だよ。われわれとしても、南極の開発が早くなり、大ぜいの人間が住むようになってもらいたいんだ。ユニコーン連盟では、南極における仕事の分担やなわばりができてしまった。開発がおくれれば、収益のあがるのもそれだけおくれるというわけだよ」

「なんだか変な話だなあ」

「そういえばそうだ。しかし、この傾向はずっとつづくかもしれないぞ。ユニコーン連盟こそ、地球文化の推進力なんだ」

パップさんは、すぐ説教口調になる。

「はい」

「じつをいうと、連盟が南極に進出すれば、わたしもポストのひとつをもらえることになっている。その時にはきみも連れてゆくよ」

「そうですか。ありがとう。南極で働けるなんて魅力的だな」

電話が終ってからも、ぼくのうれしさはつづいていた。新大陸に移れば、もっともっと自由に才能を発揮し、自由に腕をふるえるはずだ。

ぼくの毎日は、生きがいがあり、活気があり、楽しい希望にあふれ、光りかがやいているんだ。そのうちには、ぼくたちも宇宙へ進出することにもなるだろう。

ぼくもひとつの星を、なわばりとしてもらえるようになるだろう。どんなにすばらしいことだろう。

窓をあけて、そとを見た。気象コントロールで空気は濁っていない。夜空には星々が美しくきらめいている。あの星のなかのどれかひとつが、と思うと、胸の奥がきゅっとなった。ああ、なんといういい時代に、ぼくは生きているんだろう。

火星航路

火星行ロケットの出発時刻が近づいた。空中に建造された巨大な人工衛星から出発するのである。尤《もっと》も、火星旅行は約二年前に達成されてはいる。だが、日本人ばかりの乗員によるロケットは今回が初めてであった。

科学の進歩は驚くほど速い。之《これ》に反して、各国の統合即《すなわ》ち世界連邦の実現などはこ数十年遅々として進まぬ。この点にアンバランスを感じた人もあったとみえて、見事に割切った理論で世界政府の樹立を主張した連中もあった。しかしその主義者たちも、今から考えれば一種のポーズでさわいでいたのかも知れない。国家と称する集団を単位として、ある程度分けてある方が、全部をひとからげにまとめてしまうより、何事によらず便利であることを、最近では誰でも知っている。風俗習慣が全世界に於《おい》て単一のものになってしまうより、各種の区別があった方がはるかに親密感を持つものである。おとなしい人物は陽気な友人と妙にうまが合ったり、丸顔の者は長めの顔の異性を選ぶ。この異質を求める本能といった昔からの傾向は、機械文明の発達に伴う規格化とは何の関係もない。むしろ生命のありのままの姿であって、理屈で割り切るのが無理であった。

なにしろ、このところ世界中に戦争のなかったことで科学が一段と進んでいる。戦争がなくて科学が進歩するものかどうか。試験を廃止した時、学生が勉強するかどうかと同じく、昔はやった試論であった。しかし科学は現に進歩した。この功労者は世界の報道関係、即ちマスコミの力である。マスコミはいつもろくなことをしない。だが、科学の発展競争を以《もっ》て戦争に代えしめたのは唯一《ゆいいつ》の手柄であった。ここに手柄とあえて称するが、すべて異論はつきもので、戦争愛好の趣味を科学愛好に簡単にのりかえたのは、ある点で大衆が馬鹿《ばか》になったためかも知れない。いつの世でも、うすろはあまり喧嘩《けんか》をしない。大衆をうすのろにしたのもマスコミである。かかる状態が幸福か不幸か。誰もこんな疑問を持ち出さない。これこそ幸福の証拠である。世の中が安定した動きを続けている。幸福とまで言えぬとしても、めでたしめでたしと評するのは妥当である。

こういった世界の現状は、必然的に宇宙旅行を盛んにした。その他にも深い穴を掘る競争、ねずみを出来るだけ長生きさせる競争など、科学の粋をつくして記録を競いあった。だが、宇宙旅行ほど大衆の注意をひくものはない。宇宙の神秘を探る。これは原始時代からの夢でもあった。一刻も早く、他の天体に何等かの刻印を打つ。この競争は大衆の好奇心とあいまって進められている。これこそ平和を維持する最良の方法であった。だが、ある見方をすれば、危険な自転車操業とも考えられる。科学競争にどうかした拍子で興味を失った時は、再び地上の争いを始めないとも限らない。しかし、あまり取越し苦労はよした方がいい。別の方法が忽然《こつぜん》と案出されるかも知れない。必要は発明の母である。

ロケット発着に利用される巨大な人工衛星は空中都市でもあって、国連によって管理されている。ガソリン・スタンドとか旅館が、自動車の持主とか旅行者の所有でないのと同じであって、空中都市は国連、ロケットは各国。このシステムはうまく運営されている。

ロケット鮎《あゆ》号は細長い銀色の胴を、その空中都市にすりよせて出発を待っている。その先端、即ち鮎の口にあたるところの特殊透明樹脂でかこまれた操縦室には、第一操縦士西明夫が計器の点検を終えて、煙草《たばこ》を口にぼんやりと窓外をみつめている。そこには大きな地球がゆるやかに回転している。これは空中都市の運行によりそう見えるのであるが、地球はやはり目に見える迅《はや》さで回っている方が親しみが湧《わ》く。子供の時の地球儀をいじった印象は青年になっても抜き難い。だが地球儀と違って何の支えもない点が、初めての者には不気味な印象を与えるかも知れない。しかも、これが軌道をはずすことなく太陽のまわりを公転している。何億年も昔から、又将来もそれ位、或《ある》いはもっと続くのかと考え始めると、この無変化は人類の感覚を超えたものだ。やはり神の手を描きそえたくなる。地球を離れても人間のある所神はつきまとう。

別に西明夫は特に神を考えているのでもない。ただ出発の連絡を待っているのである。彼の着ているグレイのつやのある、ぴったり合った服は、乗員の制服であり、鉄分を含んでいて、磁性を帯びた床と引き合い、無重力の宇宙でも地上と大差なく動作ができる。心理的に空虚なものがあっても、間もなく慣れてしまうものだし、慣れた後に残るものも、人間のひしめく地球から離れることにより発生したある種の淋《さび》しさとの区別はつけにくい。

彼は三十歳。月とは三回往復している熟練者であるが、遊星には今度の火星行きが最初である。このスマートな独身のロケット操縦士は今や時代の花形でもあって、日本中のあこがれの的である。さぞ女性にもてることであろう、との想像の通り事実もてることはもてるのであるが、それはロケット操縦士であるとの理由で支えられている。もてたからといって、ある女性と地上に居を構えれば、その瞬間から女性は彼に失望することになる。

頭脳優秀な彼はこの点を知っていて、そのため、時々憂愁の影が面を走るのである、とも思えるのだが、事実は少しばかり違っていた。彼はある程度はナルシズムであったが、特に女嫌いと言うほどでもない。むしろ灼熱《しゃくねつ》の恋を欲していた。が、美男子の通例として女性に頭を下げるのが苦手なのであった。地上にいる期間は多くの女性にとり囲まれるのだが、決して美人はその中にいないのである。映画スターに熱を上げ、ファン・レターを送りつづける女性に美人が少いのと似ている。

彼は美しい女性を求めていた。だが美人たちは、彼には何等働きかけず、つまらない、しかし彼女等に頭を下げる男性と結ばれる。或いは美人の方でも、口には出さないが彼からの働きかけを内心待っているのかも知れない。その可能性はたしかに大きいが、彼の性格はそれを許さない。責任はすべて彼にある。だが、彼は自己の欠陥を認める意識を持たない。

彼の築いた人生観が、女性とはつまらぬものである、恋愛とは低級な連中のすることであって、自分の如《ごと》く選ばれた男性の目指すものは更に高尚なものでなくてはならぬ、といった形になったことは無理もない。これが彼をして宇宙旅行操縦士の職を選ばせた。その上、長期間の異性との絶縁に耐えうる男性を要求するこの仕事は、彼にうってつけであった。彼は女性、即ち不美人たちから遮断されることに満足さえした。彼の他に交代で勤務する三名の操縦士も、多かれ少なかれこの傾向を持っていた。しかし、今回の火星行きには、女性の参加者が三名あった。彼女達の性格も、ある点で男性乗務員に共通したものを持っていた。頭を下げずして、スマートな男性に愛されたいと思っている美人なのである。いずれもつまりは贅沢《ぜいたく》なのである。

中山景子、岸玲子、木村朝子の三名のうち景子は特に美しく、又高慢でもあった。

参加者にこんな女性を人選した学術会議の委員は、一体どんな考えであったのだろうか。一年半にわたる操縦士たちにとっての、異性との絶縁に同情したのである。又、彼女等に身を固める機会を与える深謀である。いや、詳細なる調査表により、彼女たちなら、この期間に問題を起こさずして帰ってくるとの判断からである。

だが、これ等はすべて噂《うわさ》であって、真の理由は、彼女たちが、動物、昆虫等に詳しい優秀な生物学者であることにある。それなら、何故《なぜ》女性ばかりになったのか。それは生物学者に女性が多いからであった。この点は又何故であるか。それは生物学が女性に向いているから、と答えて打切る以外ない。科学ブームで、科学者志願が増加した。しかし物理系統には、どうしてか女性は進出できなかった。そのため生物学方面に集まったのかも知れない。実験動物を可愛《かわい》がり、そして又、解剖する。愛情と残酷。

案外こんな点に女性に適した理由があるに違いない。生物学の秀才に、美しい、若い女性の多いのも、もっともである。

二年前に、アメリカのロケットが火星到着に成功して以来、ある程度の調査は進んでいる。植物も数十種採集された。しかし、動物は未《いま》だ発見されていない。今回の鮎号の目的は、その発見採集にある。地球上では誰でも、遊星を実際より小さく認識している。火星が地球より小さいといっても、くまなく調査するのは容易ではない。今までの他国の調査隊が未成功であるのも、このためである。だが、鮎号の活躍の余地もここにある。動物発見の栄誉を日本にもたらすには、僥倖《ぎょうこう》に頼らなければならないが、それは火星に行った上での話である。

「発進五分前」空中都市からの指令が伝わり、西明夫は位置につき、復唱した。彼の指はピアニストのそれの如く、ボタンを操作し、多くの計器が点滅し、準備は完了した。地球はゆるやかに回り、日本の真上に鮎号は来た。日本の上空から発進する。各国のロケットもその出発は自国の上空から行っている。特殊な場合は別として、同じことなら、この慣習は守られる方が良い。

日本の地上からは多数の人が、望遠鏡でその出発を見ているに違いない。その中には、若い異性で構成された鮎号を、みだらな考えを抱いて眺めている人がいるに違いない。彼はこの点に気がつき、あまり女性に構うまいと思った。

「発進」桿《かん》をぐっと引くと、推進音がかすかに伝わり、ロケットの噴射を示した。徐々に空中都市は遠くなり、速度は次第に上ってきた。空中都市がドーナッツになり、更に指輪になり、そして視界から全く消え去ると、鮎号はその本来の速力を出していた。あとはレーダーにより隕石《いんせき》との衝突を避けるのと、計算による航路の修正のみである。

彼は一応ほっとしたが、目はそのまま窓外をみつめている。別にもう窓外の光景に大きな変化はない。ただ、在るものは地上にある何ものよりも純粋に暗黒な空間と、それにちらばる無数の光のしぶきである。彼にはこの光景は見慣れたものである筈《はず》であったが、自然に目は窓外に釘《くぎ》づけである。意識はしていなくても、抑圧された性のはけ口がこのちりばめられた星に向けられているのかも知れない。恋人の顔はいくら見ても飽きることがないのと同じく、宇宙は彼の恋人、いや恋人の代用であろうか。

強いてこんな解釈を下す必要もない。窓があると、自然に外をみたくなるものである。ここに操縦室の窓の存在理由がある。すべて計器による操縦であるので、窓は不必要ともいえる。むしろ、この特殊透明樹脂の高価なことは贅沢とされた。しかし、初期のロケット乗員間のゴタゴタは、この窓の採用以来激減した。無理もないことである。この、広いとはいえぬロケットの内部に密封されることは耐えられぬことである。地上に刑務所の存在することは、外部を見られぬことが苦痛であることを示している。世の非情に打ちひしがれて罪を犯したのであれば、連中にとって、そこは楽園である筈だが。

外部を見たがる心。どんなにつまらない光景でも、外部を眺めることにより、初めて人間は自己の生存を感覚的に確め、安心を得るのである。生存とは相対的なものかも知れない。

鮎号は予定の進路を進んでいる。手のあいた第三操縦士の杉田と、女性の三名がこの機首にやって来た。やはり窓外を見るためである。

「素晴らしい眺めじゃない」

景子が口を切った。

「それは素晴らしいさ。だが、あと六ヵ月これを見つづけるんだからな。どんな美人とだって、いっしょになったら、いつかは倦怠期《けんたいき》が来るものですよ」

西は過去の月との往復でも、時々ふっと訳もなく、地上が恋しくなる気分のことを表現したつもりだった。

だが景子が、

「それは男の勝手と言うものよ」

と答えたところをみると、その比喩《ひゆ》の方を重くみて、一種の皮肉と受け取ったに違いない。又、そのように受け取るところをみると、自分たち、特に自分を美人であると意識していることになる。かすかながら対立の兆《きざ》しが感じられた。女性は男性に頭を下げさせたい。又男性も同様で、この勝負はみものである。だが、これはあくまでも兆しであって、特に露骨に表れているのでは勿論《もちろん》ない。これは、彼等が地上から身につけて来た習慣であって、無意識にとりかわす会話となってしまっていて、単なる挨拶《あいさつ》のようなものである。

「ところで、火星には動物がいるんですかね」

杉田が口を出した。

「あなたは、いるとお思いになるの」

朝子が言った。

「さあ、僕はいないと思いますね。動物とは意志を持って移動するものを言うんでしょう。移動とは変化のある地表でこそ意味があって、火星のような荒涼たるところで動き回ったって何もいいことはありやしない。それで動かなくなる。動かなくなれば意志を失ってしまう。そうなれば植物としか言いようがないんじゃないですか」

「それはあまりにも人間本位の考え方よ。私たちは植物あるところ、必ず動物ありといった説を立てているの。動物といっても昆虫でしょうが、昆虫があってこそ、植物が存在するらしいのよ。葉をかじったり、胞子を運んだり、それが植物にとって害であれ、益であれ、何でもいいからある作用を加えてくれる生命があって、初めて存在できるのじゃないかしら」

「なんだかおかしな理屈だが、そうかも知れないな」

「蜜蜂《みつばち》と花の関係を知っているわね。花は蜜蜂がないと実を結ばないし、蜜蜂は花の蜜がないと生きて行けない。杉田さんは地上で花と蜜蜂と、どっちが先に発生したか知ってる？」

「いやいや、もうたくさんだ。僕はどうも生物学が苦手だ。ナイロンの羽根に、水玉模様をつけた蝶《ちょう》でもいることにしておこう」

西は計器を見て、空気の洗浄器の度を少し上げながら言った。

「今まで、なぜ他の調査隊が発見しなかったんですか」

今度は玲子が答えた。

「時期が悪かったんじゃないかしら。この間のフランスのロケットも、折角花の咲く植物をみつけながら、喜び過ぎて一ヵ月で火星を離れてしまうんですもの。もう少しいて、地面も少し掘ってみれば何かいたかもしれないのに」

景子は黙って銀河をみつめていたが、そのままの姿勢で、表情を変えずに言った。

「いる、いないなんてことは、結局行ってみなくては判《わか》らないものよ。どんなに美事な理論を作っても、現実にいなければしょうがないじゃないの」

その様子をみると、何となく口には言わないがある確信をもっているらしく感じられる。しかし、それはその効果を意識しているのであって、実際も言葉通りの考えでいるのかも知れない。

それから話題はロケットの構造にうつり、ぎっしりと並んだ計器について、女性たちは多くの質問をくり返した。

そのうち、交代のため平田第二操縦士が入ってきたので西は席を代った。その時彼は、

「お嬢さんたち、もう見飽きたでしょう」

と言った。彼は自分の恋人である無数の星を女性たちに、あまりみつめられたくなかった。みつめられるのは良いが、その奥にある彼しか知らぬ不思議な魅力を発見されたくなかった。それを発見されることにより、それを魅力と感じる彼の性格の何等かの弱点を知られるのではないかと思ったのである。

だが、それは彼の考え過ぎで、女性たちの見飽きたのは事実でもあったし、強いて言い返すとすれば、お嬢さんと呼ばれたことの点であるが、誰か言うだろうとお互いに考えたので、結局言葉にはならなかった。

そして、各人は自分の室《へや》に帰ったのである。

この鮎号内の生活は、やはり二十四時間を以《もっ》て一日としてあった。夜も昼もない宇宙空間に於《おい》て、地球の自転から発生したこの慣習を持ち込む必要はない。だからと言って、もっと良い方法があるわけでもない。このことについて、一日の長さが自由になるものなら、人間にとって何時間が最も適当か、の研究はまだ完成していないのである。昔、人類は生活の便宜のために、時計を発明して使用した。だが、その時計は今では逆に人類を支配している。人間の在るところ、時計も亦《また》ある。

ここでは出発の時を以て第一日の零時として、一日を八時間ずつ三つに分け、その境目に食事をするのである。そして最後の八時間を睡眠にあてる。尤《もっと》も、その時も操縦士は勤務している。第四操縦士古川を加えた四名は八時間ずつ勤務し、あと二十四時間休める。病気等の場合を考慮して余裕をとってあるのであった。

第一回の食事が始った。勤務中の平田を除いて全員食堂に集った。食堂といっても、各人の個室の間にある三坪位の場所に過ぎない。又、食事といっても、高濃度のスープと、餅《もち》に似た密度の高い柔らかいビスケットである。決してまずいものではないけれども、なんとなく味気ない食事である。しかし、これもいずれ馴《な》れてくるものである。男性たちは食べなれた手つきで、さっさと済ませ雑談を始めた。いや、いつもなら始まるのであるが、今回は女性が加っているので、スラスラとは進まないものがあった。ある劇団で他から借りて来た俳優を加えての第一回の稽古《けいこ》と同じく、これ又いずれ馴れるにしても、ぎごちない何かがあった。

女性たちも食べ終り、何か話を始めたくなる雰囲気ができ、玲子が突然言い出した。

「あなた方は、いつもこんな時にどんな話をしているの」

たしかに、男性ばかりの会話の内容は女性にとって興味がある。しかも、かつて存在した軍隊と違って優秀でスマートな青年達、その上に長期にわたって世俗と隔絶された宇宙に置かれた状態での会話となると、知りたくなるのも無理はない。ぶしつけな質問とも言えるが、聞きそびれてあとに残すのも苦痛である。玲子の質問は、直接疑問にふれる科学者としての習慣でもあり、又いくらか軽率な性質から出たものでもあったが、一方うちとけるきっかけにもなった。

男性たちは「さあ」と言って顔を見合せた。この様子は答えにくいことを示しているようにもとれる。だが、誰も記憶していないのが事実なのであった。それが雑談の雑談たるところであって、テーマや統一など、一言で表現しうる内容ではない。むしろ、内容のないものだから楽しいので、各人がムード・ミュージックの演奏者であり、そして聴衆でもあるのが雑談である。

西はこの際、女性はどう思っているのか知りたくて、

「どんな事を話していると思います」

と反対に聞いた。何も握らずにこぶしを出して、何が入っているかあててごらんなさい、と答えさせる、ひとの悪い遊びに似ている。

「天文学の話？」

「いや、そんな話はしてませんよ。船員たちの雑談に海洋学など出てこないのと同じですね」

これは特に意味のない会話である。だが一応ふれておかないと、次に進めない段階でもある。

「政治についてかしら」

「一寸《ちょっと》身近からはなれ過ぎますね」

もっと他の問をくり返してから聞きたかったのかも知れないが、玲子は又しても突

如として斬《き》り込んだ。

「わかったわ、女性についてでしょう」

この若い美しい女性たちは、地上に於てはいつも男性にもてはやされた。そのため男性はすべて女性にあこがれるのが一般であるとの観念ができていた。一方男性たちにとっても、この点にふれられると、いつも自分たちが女性の噂《うわさ》ばかりしていたような錯覚に、ふととらわれた。だが、一般の男性といくらか異り、しかもロケットの内部であった。いつも意識してこの話題を避けていた事は確実である。古川は早速口に出した。

「そんなホーム・シックを起こすような話はしませんよ」

女性たちは必殺の剣をかわされたので、ちょっと拍子抜けがした。

「じゃあ何よ、教えてよ」

西はこの相手のすきをみて、もっともらしく説明を始めた。

「童話ですよ。子供の時に覚えたのを思い出して話したり、操縦席に坐《すわ》って星を見つめながら話を作ったりする。それを食事の時話す。聞いた連中は次の操縦の時、見飽きた星が新しい意味を持って待っていてくれる。しかも、毎日機械にとり囲まれて、下手すれば科学に反感を持ちかねない気分を和げてくれる」

他の男性たちも、そういえばそんな話をしたこともあったかな、といった気分になった。女性たちは男性の純粋さの一面を見て、一寸静かになった。

「どんなお話か聞かせてよ」と景子。

西は、そういった心境になりたいと言うところなんです、と打ち消して笑わせようと思ったのであるが、それの出来ない雰囲気になってしまったので、

「女性がいては、いい話が作れるかどうか判らないがそのうち作ってみましょう」

と言って席を立ち、それをきっかけに各人も記録、連絡、読書等のために、各自の室に帰った。

二日目の十六時。月の軌道を横切るので、船の場合の赤道祭に模して乾杯をした。別に特に豪華なものでは勿論ない。操縦室に集って、シャンパンを一本抜いて一杯ずつ、月に乾杯しただけである。月は特に接近してはいないが、右方に地上で見る四倍位の直径で浮いている。この、地球のひとりっ子はおとなしく、静かに浮いているが、この上には人類の基地もあるのである。先刻、その基地から「航路の安全と研究の成功を祈る」の通信が入っていた。計算によって調べた軌道を越える瞬間には、一同いっせいに「さよなら」と言った。しばらく黙ってみつめた後、食堂に行って雑談をし

ながら食事を始めた。

「いよいよ月ともしばらくお別れか」

「われわれもこれから先は初めてだな」

「ところで、軌道と言うものもわけのわからないものだな。現実には何もない。しかしながら、ちゃんとある。これは抽象名詞かい。物質名詞かい」

「まあ、恋愛と同じようなものね」

「そうかも知れないな。特にわれわれ一同は恋愛ができそうで、できない」

「しかし、いつも失恋したような気分でいる。失恋が恋愛に先行することなんてあるのかい」

「きっと人間はね、生れつき失恋しているものなのよ」

「すると失恋が正常な状態であることになるな」

「どうもわれわれはすぐ研究したがる。これだから恋愛に縁遠いのさ。経済学者は必ずしも財産家ではないね」

「ひとつ、今度帰ったら猛烈なやつをするかな」

「しようとして出来るものじゃないわよ」

「しかし、恋愛の出来ぬことを、頭の良い証明書代りにするのも少々キザだからな」

「恋愛不能者のつむじ曲りをこれだけまとめて、宇宙に追い出したんだから、地上は今ごろ平和だろうな」

「すると、私たち罪なくして配所の月を眺めてるといったとこね」

こもごもくだらぬ会話が続いた。人によっては、いや多くの人にとって貴重な宝、恋愛をこの一行は玩具《おもちゃ》にしている。それはこの宝に価値を見出《みいだ》さないからである。だが、更に優れた宝を持っているからであれば結構なのであるが、猿がテレビをいじっているように使い方が判らない場合なら、同情すべき事態でもある。しかし、憐《あわ》れむのは早い。よってたかって試論の対象にしているからには、興味を持っていることは確かである。要するに味を知らないのである。

*

ロケット鮎《あゆ》号は銀色に輝いて航行を続けている。無数の星。いまにもその集団につっ込みそうに見える。だが、そう見えるだけである。ありふれた譬《たと》えを持ち出せば、いつまでも手のとどかない幸福を追い求めて進む人間を持ち出しても良い。ひねくれた説明なら、無間地獄に堕《お》ちる途中とも言える。しかし、言うだけなら、いくらでも言えるが、人間臭のない清々《すがすが》しさ、又は難問に対する明快な答えといった爽快《そうかい》な状態は、言葉を用いての正確な形容をうけつけない。この独特のつめたい光景がくせものなのである。

出発以来二ヵ月。未《いま》だ宇宙旅行について、最大の問題となっている障害が、どこからともなく鮎号を包み始めた。それは隕石《いんせき》でもなく故障でもない。退屈と言う手に負えないものである。

火星到着の事を考えれば退屈しない筈《はず》だ、と言うのは単なる理屈である。数ヵ月にわたって同じことを考え続けるわけにはいかない。居眠りをする学生に卒業式を考えてみろ、といっても無駄である。

特に鮎号の乗員の如《ごと》く、選抜された優秀な者たちは一段と退屈し易《やす》いものである。優秀とは頭を使ってこそのもので、使えない場合には却《かえ》ってもてあますからであった。

その上鮎号内は安全すぎた。常に生命の危険と隣り合せなら退屈は発生しないのである。退屈は平穏に対する代償である。人類は退屈を生み出す状態を理想として求めているが、いざその状態となると楽しくはない。誰しも特に忙しい仕事があるわけでもない。星の観測などしても空中都市以上のものが得られる筈もない。

もちろん、娯楽のための用意はある。トランプ等のゲームの用具はあった。だが、ゲームと言うものは何か主たる仕事があって、その余暇にやるから面白いので、連続してやっていると、いや、やらざるを得なくてやっていると、そうは続かないものである。その上、このロケット内では相手が限定されている。そのうち、いったいゲームなるものを人間は何故《なぜ》面白がるのかと考え始め、その分析を話題にし始めると、ますますゲームそのものの魅力は逃げて行く。

極度に薄いレコードによって音楽を聞くことが出来る。だが、これもそのうちに退屈を構成する一因になってしまう。あと四ヵ月、この状態が続くと思うと憂鬱《ゆううつ》であった。如何《いか》に努力しても打開されぬ障害。

景子も自分の室で弱っていた。ベッドの上にごろりと横になっている。退屈の姿勢は万人共通ですべてこの形である。これは更に退屈をもり上げる以外ないじゃないかと言っても仕方がない。精神の退屈は肉体を疲労と同じ姿にする。しかし、肉体は疲労しているどころか動作を求めているのである。この食い違いが一種のイライラしたものを作り上げる。だが、鮎号の乗員たちは理性で押えている。景子の枕元《まくらもと》には縮刷の本がたくさんある。彼女は推理小説が好きであった。今回の宇宙旅行にも新刊を数十冊持って来た。ふだん読むひまのないためそのままになっていたのを読めることに期待すらしていた。だが、今は一冊も手に取る気がしない。スリラーは都会の一隅に住んでいてこそ面白いので、ロケット内の如きところでは自分を作中人物のいずれに模しても、何かそらぞらしい。不意にドアをたたいて見知らぬ人物が入ってくるかも知れぬといった雰囲気がないからである。白昼に読む怪談と同じである。景子は先刻から一冊を取って無理に読もうとしていた。無理に楽しさを出そうとする努力は虚《むな》しい。途中でどうにも続けられず、終りの二三頁《ページ》をめくって犯人を知りたい誘惑に負け、本をもとにしまった。

彼女は退屈の姿勢にすら飽きた。室を出て操縦室に行く。そこにも何等変化を期待することは出来ない。つまらない講演を聞きながら時々時計をみる心理である。別に時計を見ても講演が終るわけでもないが、さればといって他にすることもないのである。操縦室には西明夫がいたので彼女は声をかけた。

「何か変ったことない」

「至って平安ですね」

「退屈じゃないの」

「そりゃあ退屈ですよ。だが退屈退屈と叫んでも退屈の奴《やつ》は逃げてくれない」

「西さんは馴れてるし、時々操縦しているから平気なのよ」

「とんでもない。僕だって月の軌道外は初めてですよ。操縦だって大部分は自動的に機械がやってるんで、機械は退屈しないだろうがこっちは退屈ですよ。ひとつあとでトランプでもしますか」

「もうたくさん。トランプを見るとげっそりするわ。何か面白い遊びはないかしら」

「そうだ。ラブレターごっこでもしますか」

「それ何よ」

「僕がひとつ頭をしぼってラブレターを書いて渡しますから、返事を下さい」

「一寸面白そうね」

西もこの案は今考えついたものであった。彼の退屈も何かの変化を求めて模索しつづけて来たのであったが、景子との会話のうちにその答えが誕生した。或《あ》いは、もっとはるか前、彼の思春期以来のラブレターを書きたかったが書けなかったことで、潜在してきた一種の意欲が、退屈によって表に出たのかもしれない。だがそんなことまで彼等は考えない。二人はただ何等かの変化があればそれでよかったのである。少しばかり気力の満ちた表情になった。西はここに坐って考える種ができたし、景子は何であろうと期待する種ができたことを喜んだ。

「ひとつ素晴らしいのを書きましょう」

「期待しているわ」

と言いかわし、景子は室《へや》に戻った。

西は交代までの間、文案を練った。これは遊びなんだから思い切って言いたいことを書こうと思った。だが、真に迫った文にするからには、ある程度その気分になるように努力しなければならない。彼は便箋《びんせん》一枚分位を頭の中で作り上げた時、いくらか夢心地になって、ロケットの速度をグンと上げようとした。しかし、そうはいかないのに気づき、苦笑いをして頭をかいた時、交代の杉田が入って来たので席を立った。

彼は自分の室に帰り書き始めた。


毎日いやになる程、顔を見合わせているのに、不意に手紙を差しあげるので、さぞ驚かれることでしょう。話がいくらでも出来るのに、何も改って手紙に書くこともないじゃないの、と思われるに違いありません。だが、手紙でなくては言いにくいこともあるものです。言葉で話すことは何となくそらぞらしい。それは手の暖かみが紙を通じて相手に伝わるからでしょう。茶碗《ちゃわん》に盛ったごはんより、おむすびの方がおいしいと言う言い伝えに似て、未だ人間に残る神秘のひとつかも知れません。

私があなたに恋をしている。いや、気がついたら好きになっていたと言った方がよいでしょう。このことも又神秘です。なぜ、どうして、といくら考えても判《わか》りません。理性の強いつもりの私としたことが、と思っているのですが、どうにも説明できません。これは今の私に考える余裕がないからでしょうか。

しかし、あなたは、私が今胸をしめつけられる想いに囚われていることに気づいてはいないでしょう。それは仕方がないのです。私がそんなそぶりを示さないからです。私の我儘《わがまま》な性格は、へりくだって他人に物を乞《こ》うことを許さないのでした。たとえ、その物が愛であっても、又どんなに欲しくても。

この時代おくれの貴族趣味が私を包み、又私もこの白銀の鎧《よろい》を得意としていたのでした。だが、この鎧にも防げない敵があったのです。淋《さび》しさはその小さな隙間《すきま》から入り込んで来たのでした。

その時、あなたにお会いできたのでした。あなたの美しさに、私はすぐひざまずくべきでした。しかし、私はいつも機会を逃す。それも私の我儘さのせいかも知れませんし、あなたにふさわしい私であるかどうか考えて躊躇《ちゅうちょ》したためかも知れません。

素直に申し出る機会を逃した私のその後は、苦しい毎日だったのです。操縦室の窓の正面に見えるアンドロメダ星雲にでも、無言で訴える以外になかったのです。もう耐えられなくなったので、手紙に書いてしまいました。

この手紙をごらんになって、笑われるかも知れないと思うと、心配でたまりませんが、今迄《いままで》のように耐える苦しさよりまだましです。どのようなご返事を頂けるのでしょうか。

大分長く書いたような気がしますが、まだまだ書き足りない気もします。又、一方では余計なことを書いたのではないかとも思いますが、結局はあなたに読んで頂ければ、それで満足なのです。

景子様　明夫

彼は時々真剣に考え込み、又、時々にやにや笑いながら書き上げた。読み返してみるとまんざらでもない気分になれた。そして、やはり自分が冷静だからなんとか書けたので、本当に好きならぎごちないか、或いは全く書けないだろうと考えて、いくらか得意になり、又、一方ではその様な本当の恋に縁遠いことを残念に思った。一寸抽象的過ぎたかな、とも気がついたが、架空な話に具体性を加えるのはむずかしい、とつぶやいて封筒に入れた。

その日の第三回目の食事の後、即《すなわ》ち睡眠時間の前、彼は景子の室に持参した。相手に寝床で読ませると効果が上るのではないかと考えたのである。なぜ効果を上げたいと考えたのか。彼は初めて書いたラブレターなので、自分では良くできたつもりでも自信がなかった。丁度、料理に自信のない家庭で、来客を空腹にさせるために、出す食事をできるだけ遅くしようとしたり、庭を散歩させたり試みることがあるのと相通ずる考え方である。又彼は気がつかなくても、手紙を書いていた時の気分が延長されているのである。それとも、偶然手紙を書き終えた時がこの時刻であったという結果に、ひとりでもったいをつけているのかも知れない。

ノックをして室に入ると、彼女はうつむいて爪《つめ》にブラシをかけていた。彼はそれを見て、地球をこれだけ離れた空間でも化粧をする女性を改めて見直した。もしロケット内に女性ただ一人の時も、やはり化粧をするのではないだろうか。自分で粧《よそお》い自分で楽しむ。案外景子は極度の退屈とは縁遠いのかも知れない。彼は一寸《ちょっと》拍子抜けがした。地上でならこんな時はすぐ止《や》める彼であったが、今は変化を欲していたし、乗りかかった船でもあったので封筒を差し出した。

「やっと書けましたよ」

「あら、もう書いたの」

「爪をみがいて獲物を待っていたんですか」

「まあ、そんなとこね。どんなこと書いてあるのかちょっと楽しみだわ」

「だが、本当のところ、なんとも言えぬおかしな気分ですよ」

彼は生まれて初めて恋文を渡すわけなのだから、少しは胸がどきどきしてもいいんじゃないかと注意した。むしろどきどきさせようとしたが無理であった。

次の日零時。朝に当る。西は少し早く食堂に行っていた。そこに景子が来た。いつもと同じく、整った表情は冷たく、彼は反応を発見しなかった。だが、「お早う」と言う彼に「なかなかうまいじゃないの」と答えた。

「返事が書けますかね」

「なんとか知恵をしぼってみるわ」

彼は一寸面白いアイディアだから一同に説明しようと思っていたが、古川や玲子たちが室から現れてくると景子はその話を続けるのをふと止めた。西もそれに気づいて止めてしまった。何かやましい気もしたが、ゲームの一種さと自分を納得させ、平常と同じに食事を続けた。

次の勤務時間、西は席についてぼんやり考えていた。いったい景子はなぜ話を他の者に聞かせないのだろう、彼女は秘密が退屈療法の特効薬であることを知っていてその作用を味わっているのかな。それとも、これから書く返事の効果を上げる手段かな。或いは、あのラブレターが真に迫っていて、本気に受け取ったのかも知れないぞ。いやいやこんな自惚《うぬぼ》れは止めておこう。しかし、返事は一寸期待させるね。どんなことを書いてくるかな。美人というものはえてしてラブレターの下手なものだ。書いたことがない筈だから。貰《もら》うことはあっても書くことは苦手だろう。その内容によって、あのすました顔の内側にある頭の程度が判るかも知れない。

彼は一定の枠の中で堂々めぐりをしているといった思考を続けていた。その代り時間がたつのを忘れ、退屈は一時的かも知れないが消えていた。

交代してから次の勤務まで一日の間、景子とは絶えず顔を合せていたが、彼女からはこの件について話し出さなかった。彼は次第に期待外れに似たような気分になり、どうもこの遊びは彼女の趣味にあわなかったのかも知れないと判断を下した。

次の勤務の時には、ほぼ忘れかけていたが、席について思い出した。この前はこの席で返事を期待し、その又前は文案を練った。子供の時を過した土地に行くと、忘れていたことまで鮮やかに思い出すのと同じである。

やれやれどうも高慢な女はつまらないものだ。ユーモアを解さない、見そこなっていた。と、考え始めた時。

「アンドロメダって、どれなの」

と声がして、景子が後に立っていた。

「どうしました」

「やっと書けたのよ」

「傑作ですか」

「まあね」

「では拝見」と手を出した彼に「はい」と渡しながら、

「自分の書いたものを目の前で読まれるのはいやだから、あっちへ行くわ」

と言って戻って行った。

彼は精神的にスタイリストでもあったので、自分自身に対しても見栄《みえ》を張り、ポケットに入れたまましばらく窓外をみつめていた。だが、これが長く続く筈がない。封を切って読み始めた。


流れ星の様に突然私の手許《てもと》に舞い込んだ愛のお手紙。どんなに嬉《うれ》しかった事でしょう。ひとりの時、何回も読み返して暗記してしまいましたの。そして、私もずっと前からあなたをお慕い申していた様な気になってしまいました。いいえ、事実そうだったのです。ただそれを私の男性に負けまいという勝気な性格が外面に表さない様に押え続けていたのでした。その押えがあなたのお手紙でいっぺんに取れてしまいました。

やっぱり私は弱い女でした。頼もしい男性にすがらなくては生きて行けませんの。けれども、世の中には勝手な男性がたくさんいますわ。私のお友達にもそれで随分苦しんだひとがありますのよ。だから私も今まで固く自分を守って来たのでした。

今、お手紙を頂いて、あなたの誠実さがわかりました。あなたの胸にすぐにでも飛び込みたい心で一杯です。

私をだましてはいやよ、いいえ、だまされてもいいの、嘘《うそ》でもいいから愛されたいの。今は永い魔法から覚めかかったような気がしています。自分の生きていることをはっきり知らされたような、心の目覚めといったらいいのでしょうか。

景子

明夫様

恋文を出す時には必ずしも読み返さないが、貰えば必ず読み返すものである。彼は三回目を読み終って気がつき、三回も読んだ自分を少し恥じた。自分のしかけたワナに自分が落ち込んだようなものであった。それで、てれかくしに、なかなか上手《うま》いなと呟《つぶや》いて批評しようとした。だが、いざとなるとできない。批評の余地のない程完全にまとまったのは恋文として落第である。批評の余地のある物程良いのであるといった得体の知れぬ文章形式は常識外の存在でもある。しかし、彼が批評できないのは、このためであろうか。

一般に恋愛と言うものは第一の条件として自惚れを必要とする。西も景子も普通の青年たちより、あらゆる点で、又ははるかに優れていた。従ってこの条件を満すには充分であったと思える。もちろん優れていることは必ずしも自惚れに直結しているとは言えない。むしろどっちかといえば、彼等から謙虚な印象を受ける者も少なくはない。だが、この謙虚こそ自惚れの至高の形である。

自惚れの弱い性格は信じ易《やす》い性質でもある。自分はひともだませるが、他人は自分をだませないと信じ込んでいるのである。

誰が考えても、自分が相手に抱いている感情の方が、相手が自分に対して抱いているかも知れぬ感情より確かである筈《はず》だ。しかし、この一般論も異性間に於《お》いては通用しないこともある。しかも口先のおせじなら冗談として始末し易いが、手紙となると真に迫ってくる。

彼が景子が自分に熱を上げ始めたのかも知れぬと思ったとしても、無理はない。自分が提案した遊びであることは判り切ったことであるが、鏡にうつった自分の姿を、あれは光線の反射による虚像であると割り切れないのと同様である。

この奇妙なゲームは時々手紙が往復し、続けられた。会っている時は、たとえ二人だけの時も、手紙の内容には一切触れず他の話題で雑談した。又、触れたとしても「だんだんうまくなりますね」「心にもないことを書くのは骨ね」といった程度に止《とど》まった。だが、それぞれ一人でいる時にそっと手紙を出して読むことが多いのは当然である。恋愛とは会っている時は時のたつのを忘れる位楽しいものであるが、彼等は一人の時の方が一般の恋愛に近い感情にひたれた。その異様な気分は二人を結構楽しませた。

二人の間の精神的関係。それが恋愛であるにしろ、ないにしろ特殊な状態であることは確かである。他の連中にもその変化はいくらか察せられた。これを恋愛と観察した者もあったかも知れない。だが、恋愛は酒の酔いと同じく、ある者の逸走は他の者を却《かえ》って冷静な立場にひきとめる。又、優れた者同志の自己を優れた地位に置こうとする争いの火花の発散と感じた者にとっても、これ又無用のものである。こんなわけで、何かあるなと思った者があったとしても、とりたてて問題にする者もなかった。

そして、一ヵ月経《た》った。

火星航路の半ばに来たのである。食堂で乾杯をした。

「まだ、今迄と同じ位続くと思うとがっかりだね」

「今から帰ろうとしても同じだけ続くんですよ」

「アメリカで計画中の水星旅行など来る身になったらたまったものじゃない」

「まあ、追々火星に近づいているのだから、我慢する以外ないわね」

話題は最初の頃の才智《さいち》を失って、止むを得ず声を出しているといった形であった。変化のない日はまだまだ続く。

それから十日後、睡眠時間の時、突如ベルが鳴った。一同は目を覚し、操縦室に集まった。ベルを押したのは杉田操縦士であった。

「どうしたんだい」「何かあったの」と口々に聞いた。

「いや別にたいしたことはないんだけれど、レーダーに小さな小惑星がひっかかったのさ、衝突の危険は無論ない。皆さんも見たいだろうから知らせたんですよ。もうそろそろ現れるころだ」

窓外の指さすあたりに、他の多くの星と見分けられない点がポツリと現れて、次第に大きくなり近づいて来た。直径約二キロと測定されたが、りんご位の大きさに見えた。この天界の浮浪児は悠々と浮いて、そ知らぬ顔をしている。だが、久し振りに見る窓外の変化に一同は結構喜んだ。たとえそれが何ということもない岩の窓に過ぎなくても、今この空間で身近にある唯一《ゆいいつ》のものであった。地獄で仏といっては大げさだが、外国で自国語を聞く程度のなつかしさを覚えた。

「元気でね」「また会おうぜ」「気をつけてね」と口々に呼びかけ、玲子は一寸涙を流した。彼女の「さよなら」と言う涙声は、その小惑星を生命あるものの如《ごと》く他の者に感じさせた。一瞬静かになり、その静かさのうちに小惑星は遠ざかって行った。愛している、いないに拘《かかわ》らず別離は悲しみを含む。これは人間の本音でもあった。乗員達は長く続いた無変化により、人間性を失ったとまでは言えなくても、人間らしい感情には遠くなっていた。この小事件は干天の続いた草花に一杯の水をかけた位の効果を示した。そして、各人はそれぞれ他の者を新鮮な思いで見直し、室《へや》に帰ったのである。

その後数日間は小惑星が話題になった。まだ、この成因については確立された説がないが、火星木星間のひとつの惑星が分解したとの説が昔からその幻想的な点で大衆の興味を惹《ひ》いている。一同もこの惑星最期《さいご》の日といったことを勝手気儘《きまま》に想像し、文明が進みすぎて自ら壊したのであるとか、他の天体の重力により徐々に分裂したのであるとか、自分をその場面において話を作り、スリリングな気分を出した。人間は恐怖を避けたがるくせに恐怖の話を好む。自己の安全を確かめたい欲求なのかも知れぬ。

だが、日がたつにつれ又話題も絶えた。

宇宙旅行のベテランである西も、全く体をもてあまし、自室にごろごろしていたが、ひとつ久しぶりに景子に手紙でも書くかな、とつぶやいて腹ばいのまま紙に向った。

彼の如く自尊心の強い男は何事も理屈をつけたがる。書きたいから書くのではなく、退屈だから書くのである、と。彼は計画して行動していると思い込んでいるが、それはすでに発生してしまった、手紙を書きたい欲望の言いわけをしているのかも知れない。

ラブレターは横になったままでは書けないものである。机に向いしばらく考えていたが、小惑星を持ち出した。

景子様。この間あなたと肩を並べて見た小惑星は今ごろどこを浮いているのでしょう。

私はあの時、あなたと二人であの星に住めたらさぞ楽しいだろうと思いました。散歩しているうちにひと廻りしてしまう二人だけの星。他人はだれもいない。あなたを奪う競争者もいない。

その時は地球の大陸の形に芝を植えましょう。大洋には水をたたえ、群島は飛び石、そして、玩具《おもちゃ》の船を買ってその上に浮べましょう。アフリカにはピラミッド型に石を積み、日本には富士山を作り、ひまがあったら万里の長城もつくりましょう。大陸にはひとつずつ小さな家を建て、ヨーロッパでも、南米でも好きな時に引越せる。

子供の時からの夢。その夢にあなたが加わって、二人の夢。

私はそれを考えながら、もし幸福がこの世にあるとすれば、これ以上のものは決してないと思っています。

明夫

彼は書いてから、なんとなく子供っぽい気がしたが、恋は人を子供っぽくするものだから、これ位が普通だろうと勝手にきめて、景子の室に持参した。

彼女も室でぼんやりしていた。彼の来たことで目はちょっと輝いたが彼の気のつかないうちにすぐもとに戻った。だが、彼が気付いたとしても、それが彼の来たのを喜んだのか、何か変化を期待しての嬉しさかの判断まではしかねるものであった。

景子はラブレターの内容について、本当かどうか知りたい気がした。知りたいような心理に変ってきたのである。今までの生活でもくどかれた事は何度もあり、そしてそのたびに手ひどくはねつけ喜びを見出《みいだ》していたのであった。なぜ女性はこんなことに喜びを見つけるのかの説はいろいろあるが、一般には処女の残酷さとして理屈抜きで通用している現象である。だが、今回の変った方式は、くどかれているが未確定であるので、勝手が違っていた。はねつけることは一杯食わされた恰好《かっこう》にもなるので、返事を書き続けて来たのであった。そのため、内容について今さら本当かどうかを聞くのは野暮であった。初めからの約束が退屈をまぎらす遊びであったので西からの返答もそれ以上を期待できない。又、彼が心から彼女を愛しているとしても、西の性質として、更に恋愛の公式としても、これというきっかけなしに突如としての愛の告白ができるものではない。それがたとえ出来たとしても、景子がその言葉をすぐに信じられるものかどうかも判《わか》らない。

だれしも経験で律しられない事実に会うとちょっと立止まる。その時、こんなこともあるものだと、それにとけ込む者とその原因を知って納得しようとする者とある。景子は後者に属していた。手紙の内容を確かめたくなっていた。彼女は気がつかないにしろ、それはすでにいくらか彼を愛しているからかも知れない。と言っては早計だが、愛までいっていないとしても興味とか関心はすぐさま愛に変りうる半製品である。

「手紙を書く時だけは、ある程度その気になれないと書けないものね」

手紙を書いているうちに本気になって来たと言いたいのだろうが、そうは言えなかった。

西の返答の、

「それを期待しているんですよ」も、彼女は解釈に苦しんだ。この不安とか疑いとかいったものはすでに恋に付随した現象の筈であった。彼女は後でゆっくり考えてみようと思い、「どうも有難う」とどっちつかずに言って手紙を受取った。

疑問は洋服のしみと同じく、気にすればするほど大きくなる。悩み始めた今となっては、この遊び以前の退屈さもなつかしく思えた。返事を書くつもりでひとりで紙を前に考えた。この何でも書くことの許されている手紙で真実を知る方法はないものか。だが、その返事はいつも愛の言葉でいっぱいであった。結局、今まで信じうる資料は何もないのである。

その時、朝子が入って来た。彼女も退屈であったので火星到着後の採集計画の検討を提案した。しかし、それは出発前に練りに練ったもので今更検討することはない。それにあと二ヵ月もある、急ぐ必要は何もない。ただ朝子はそんなことでもすれば、火星をすこしでも近く感じられるだろうと思いついたからに過ぎない。

悩んでいるのも、退屈しているのも似たような表情である。だが、悩んでいる者にとっては、退屈と同じに思われるのを好まない。景子はしばらくためらっていたが、とうとう朝子に問題を打ち明けた。昔からいつも何でも話しあってきた仲なので、話し始めるとすらすらと説明だけはできた。女性同志の恋愛の相談は、時たま嫉妬《しっと》とか羨望《せんぼう》などがつきまとう場合が多いが、今回は様子が違っていて、朝子も何か新しい研究テーマをみつけた時のように興味を示した。

「景子も全くとんでもないことを始めたものね」

「そうなのよ。最初は一寸《ちよつと》面白い程度だったのだが抜けられなくなっちゃったの」

「だけど、これだけの手紙をその気になれずに書けるものかしら。西さん案外本気なのかも知れないわよ。彼ははにかみやだから、こんなきっかけでもないと、本心が言えないのよ。それで、前から計画していて、この遊びを提供したんじゃなくって。しっかりしなさいよ。いつものあなたらしくもない」

ひとの恋愛問題というものは、ポンポンと明快な説明ができるものである。自分のことでないせいもある。だからと言って、朝子が冷淡であるとか、友情にうすいといった訳ではない。彼女も何とか役に立ちたいとは思ったが、とっさには名案も出ないので、「そうかしら」と言う景子に「そのうち、何かいい知恵を考えてあげるわ」と言って、室を出ていった。

一人になった景子は返事の文章をあれこれ考えた。単なる遊びに過ぎないのなら、一刻も早く打切りたいとも思った。こんなことを続けていると本当の恋愛が将来出来なくなるかも知れない。だけど、本当の恋愛と言うものが私に出来るのかしら。又、これが遊びでなく、朝子の言うように彼が苦心して考えついた求愛の方法なのかも知れない。あの人は変ってはいるが、まじめなところもあるし、いい人だわ。しかし、その時はどういう方法で承諾を示したら良いのだろう。手紙ではどんなに言っても本当にされないのだし、別に自分では恋に盲目になっているつもりはないけれど、何か判り切った方法に気がつかないでいるんだわ。どうしたらいいのかしら、と、結論の出ないまま思いにふけった。

朝子もその頃考えていた。あの二人は又随分変ったことを始めたものね。まさか私をからかうために仕組んだのじゃないかしら。だけど、景子は昔からきまじめなところもあったし。本当としたらちょっと癪《しゃく》だな。しかし、親友のためになんとかしてあげるかな。それには先《ま》ず西さんを研究することとしましょう。

彼女は西の室に行ったが、勤務中と知って、操縦室へ行った。そして、話しかけた。

「西さん退屈ね」

「何です、今頃退屈とは、流行おくれですね」

「退屈じゃないって言うの」

「退屈ですよ」

「何か面白いことないかしら」

「歌でも歌ってあげましょうか」

「歌はたくさん。私にもラブレターちょうだい」

西は、ははん何かあったなと気がついた。自分は誰にも話さないから、景子が話したに違いない。室に入って偶然見ることもあるかも知れないが、それなら本物と思うことはあっても、私にもと言う気にはならない筈《はず》だ。だが、ここで断っては景子を好きであるとの証拠を示すようなものだ。最近は自分も景子を好きになっているようだ。だからはっきり断ってもいいが、なんだか踏み切れないものもある。

「そうですね。書いてみるかな」

彼は簡単に承諾した。事実その時は、書く気になればスラスラと書けるつもりでいたのである。だが、後になって、いざ書こうとすると困った。全く書けないのである。

「こんな筈はない」

と彼につぶやかせたのはなんであろうか。すでに恋は形成されていたのである。その形成を覆《おお》っている最後の一枚の殻が彼の孤高趣味であるとしても。

誰でも二三度失恋してみると考えつくことであるが、失恋の当時は耐えられない苦しみを感じ、いろいろまぎらわそうと試みる。しかし、結局は理性で押さえて時間をかける以外に方法はないことが判る。又、熱愛の末結ばれた者の間でも、年月がたつと倦怠期《けんたいき》がくるものである。それならば、方向を逆にして時間をかけてみたら、何もないところから出発しても恋愛に行きつけないものでもない。地球から火星に行けることは、火星からも地球に帰れることを意味している。西と景子は意識せずに、理性と時間を費して恋愛目指して進んで来たのであった。

こんな説明は一種の詭弁《きべん》であって、西がラブレターごっこを提案し、景子が賛成した時にすでに恋愛の発芽は始っていたのである。ただこの場合、恋愛の初期につきまとい易《やす》い羞恥《しゅうち》による表現の障害が無かったから奇異に思えただけである。

好きになったら仕方がない。どんなに科学が進んでもこれ以上の説明は出来そうもない。恋愛は科学の治外法権である。

西から朝子への手紙はなかなか書かれず、何日かたち火星はあと一ヵ月に迫って来た。操縦室の窓の正面に、赤くそして大きく近づいて来た。極冠も運河と称された植物帯も、又時々変化する高空の雲も一日たてばそれだけはっきりとして来た。霧が次第に晴れていくのに似て、新鮮な魅力を増している。

鮎《あゆ》号の乗員も長い冬が去った野山のように、元気をとりもどし、目も輝いて来た。しかし、特にしなければならぬことは依然としてなく、暇さえあれば操縦室に集って火星を見つめた。

一同が操縦室に集って雑談している時、西はそばにいた朝子に、

「退屈は逃げてったようだから、帰りにでも書きましょうか」

と言った。書けないでいる重荷を下したつもりだった。朝子もやっと身近に迫った着陸後の調査への期待で、今更手紙を待っているわけでもなかったので、

「そうね、じゃあ帰りにはお願いよ」

と軽く答えた。だが、二人は気がつかなかったが、少しはなれて後にいた景子の耳には強く響き、彼女は疑惑に苦しんだ。

西さんの態度はやはり遊びだったのかしら。朝子に話したのがいけなかったのかしら。普通の女性でも辛《つら》いことであるが、彼女のように性格の高慢な女性がこの条件に置かれるのは更に辛い。簡単にその辛さを表に出すわけにいかないからである。一人きりになりたいと思った。だが、ここはロケットの内部である。彼女は目立たぬ程度に室にいる時間を多くした。

偽りの愛情を示すことは容易である。しかし、嫉妬に一人で苦しむことは偽りでできるものではない。

火星は更に近づき、着陸準備のため一同は次第に忙しくなった。出発前から予定されていた、南の極冠から二十度位離れた地点を目標とした。このことは鮎号からの観

察でもやはり適当と確認された。

着陸に入り、大気圏の上部に接触し、しばらく地表と平行に飛行し速度を落した。レーダーにより距離を計っていた西は、ボタンを押し機首に近い機体からパラシュートを外部に発射した。先ず補助パラシュートが開き、つづいて大きなパラシュートが開いた。鮎号は機首を次第に上に向けた。乗員はそれに伴う力で壁に押しつけられたように感じたが、一応落着いてみると機首は上に変り、窓外には一面に真白いパラシュートが傘のように覆っていた。希薄ではあるが火星の大気をいっぱいに含んで、鮎号をつり下げている。その下には火星の地平線が弧を描いている。あまり起伏のない赤い地平線は、鮎号の降下につれひろがっていった。

はなれてみたとすると、大輪の花が虚空《こくう》に咲いたと思えたかも知れない。

時々排気をして、位置を修正しながら極度の緊張のうちに目標地点に降下しつづけた。その緊張が最大になった時、ガタンと衝撃が伝わり、振動が緩衝装置により徐々に弱まってから全く停止すると、着陸は完了した。

まだしばらく緊張は続いたが、開き切ったパラシュートが皺《しわ》を増してしぼみ、ゆらゆらと下って鮎号を包んでしまうと火星着陸がやっと各人の感覚にしみ渡った。

「やっと着いたのね」

「全く長い旅だった」

「なんだか信じられないわ」

「夢のようだな」

代るがわるうわずった声で叫び、お互いの肩をたたき合った。

「出て見ましょうよ」

だれしもそうは思ったが、その地点はこれから夜に入るので、すべては明日として久しぶりに酒を味わい、食事をし、室《へや》に別れて睡眠に入った。

景子はなかなか寝つかれなかった。火星到着の感激のせいもあったが、このことについては誰も同じである。他の者は安心と解放感のまざった軽い疲労に、酒の酔いも手伝って眠りに入っている。彼女は明らかに、その他のことにこだわっているのであった。朝子に彼を奪われるのではないか。ああ、だけど奪われるといっても私のものともはっきりしていないのに。早くなんとかしなくては。だがどうしたら良いのだろう。

彼女にとっては、このことは火星到着よりはるかに重大であった。方法のみつからぬいらだたしさは、彼女をなかなか寝つかせなかった。なぜ今日に限って彼女は寝つかれないのであろうか。寝つかれない日はもっと前にあってもよい筈であった。

苦しみはいたわってくれる人がいると倍加する。火星の重力は地球のよりいくらか弱いけれども、半年ぶりに景子の体にも働きかけ、なぐさめているように思えた。人工的な磁力服の感じとも違って、はげましているような力強さもあった。だが、重力と言うより大地の上にあるせいだと言った方がいいに違いない。人間は長年大地の上で生活して来たのだから、母の懐《ふところ》に戻ったように思えるのであった。

火星の夜は鮎号を包み、静かに更《ふ》けていった。

火星の朝は急速に明ける。地球より薄い大気では、塵埃《じんあい》もそれだけ少ないからである。一同は待ちかねて食事を終え、気密服に着換え、二重ドアをくぐって外に出た。はしごを下り、地上に足をつける。初めての火星の感触。赤い砂は歩くたびに少しずつめり込むが、これも楽しく感じられた。少しはなれた所に見える集団をなした植物は暗緑色の海藻に似た紫を地上に這《は》わせ、その向うの運河植物は珊瑚礁《さんごしょう》のようにごつごつした塊に見えるが、極冠からの水の流れに沿って遠い地平線まで続いている。

古川操縦士はパラシュートを外して機体にもどり、しばらく機首から四方を双眼鏡で見ていたが、

「別に問題もなさそうだから、二時間の間自由行動をしてもかまいません。但《ただ》し、連絡を受けたらすぐ帰ること」

と無電を通じてアナウンスした。各人はそれぞれ気のむいた方にぶらぶら歩いて行った。

西は一キロばかり離れた砂丘に歩き始めたが、それを見た景子はあとについていった。彼はまだ気づかない。景子は呼びかけようとしたが、この気密服の声は無電となって他の者にも聞こえてしまうので、黙ったまま彼の足あとをふんで歩いた。西は砂丘の手前で振返り、初めて気がついて立ち止った。だが、気密服の透明樹脂のマスクを通して、彼女の顔に思いつめた表情を見出《みいだ》すと、そのまま砂丘の向こう側にまわって歩きつづけた。

荒涼として地球とは全く違った光景、静寂の地であった。地球の自然は長い間人々にみつめられ、人間の親しみ易い形に変化している。火星の姿にはその親しみはないが、虚飾を取り去った人間本来の心に共通したものがあった。迫力ある声でうったえるのでなく、やわらかく呼びかけるのでもなく、静かに自分自身の心をみつめさせるのであった。

西は今までの虚飾を恥じた。床の清潔さが靴の汚れを気づかせるのと同じであった。彼はこの火星の上には偽りやかけ引きのような不純なものを置けないことを知った。足をとめ彼女を待った。彼女はすぐそばへ来て止った。彼は手を彼女の肩に置いた。

気密服をへだてての感触は感触と言えたものではないが、二人にとっては直接触れたのと同様に思えた。景子は砂の上に腰を下し、彼も又そばに坐《すわ》った。彼女はしばらく彼をみつめ、そして気密服の不格好な指を動かし、砂の上に、

『スキ』

と書いた。

彼もこれに並べて、

『ボクモ』

と書いた。顔を見合せ、どちらからともなく手を頭に回し合って顔を近づけた。透明樹脂のマスクはある程度以上の接近を許さない。だが、二人はそれで充分満足した。二人は精神的に初めて許し合い、そばでみれば幼い恋と同じ動作であっても一向構わないのであった。第一彼等にとって、初めての恋ではなかったか。

一瞬彼女は表情をくずし、声を出して泣いた。その声は電波で彼に聞え、彼は、

「地球に帰ったら、いっしょに暮そう」

と言った。無意識のうちに接吻《せっぷん》しようとして、手はマスクを取ろうとしていたが、その時、彼女の泣き声と彼の声は無電で他の者にも聞こえていたので、

「どうした」「何かあったの」

と一斉に声が入ってきた。二人は呆然《ぼうぜん》として何も言えなかった。朝子はその意味がすぐ判《わか》ったので、

「おめでとう。よかったわね」

と言い、他の者もそれによりすべて察し、

「おめでとう」

と、それぞれ呼びかけた。

西はそれに、

「ありがとう」

と答え、立ち上り、彼女の手をひっぱって立たせようとした。景子は初めてはずかしさを覚え、なかなか立たなかった。彼の手の力を味わっているようでもあった。そして、無理に立たされることに初めて女性としての喜びを見出し、又西もそのことに男としての生甲斐《いきがい》を発見した。

砂丘をひとまわりして、二人はロケットの方に並んでもどって来た。すでに二人にとっては、今までの六ヵ月の旅も短いものになってしまった。更に、今后《こんご》地球に帰るまでの一年もまたたくうちに過ぎてしまうに違いない。

太陽は弱い。しかし、鋭い光で二人の影を赤い砂の上に染めている。砂丘の裾《すそ》に残

されている火星の砂に書かれた最初の文字、そして最も簡単な愛の言葉は、弱い風を受けて崩れ、静かに消えた。

Q星人来る

1

「いったいこの星の住民は何を楽しみに生きているんだろう」

二人のQ星人は指先を軽く触れ合わせて、意見を交換していた。

彼等は月を一つ持った緑の遊星の上空に宇宙船を止めていた。その星は絶え間なく、そしてあらゆる波長の電波を放射しつづけていた。彼等は何のせいかと最初は不思議に思った。電波を音に変えてみた。音はいろいろあった。金属的な音、衝撃的な音。それにまざって生物らしい物の声もあった。

「なんだいこれは。この星では普通の生物と金属で出来た生物とが共存して、電波で話し合っているらしいじゃないか。驚くべきこともあるものだ。ひとつ着陸して調べようか」

「まあ、そう急ぐことはないぜ。下手に着陸して危険な目に会うよりもう少し様子を見るとしよう」

一人はしばらくある波長を調べていたが、やがて壁のスクリーンに像を写し出した。ユラユラ揺れる像が修正され、鮮明になるにつれてそこには生物が現れた。一人は、

「おいおい我々にそっくりなのが動いているぜ」

と、指をつかまえて話しかけたが、もう一人はそれに答えず、その電波の発信地を調べ、音と合せることに成功した。しばらく画面をみつめ、物の触れ合うのと音とが一致することを確めた。

「この住民は声で話し合っているらしいね。野蛮だな」

「連中にとっては指で話し合う我々を見ると野蛮と言うかも知れないさ。まあ、これで大体様子が判《わか》る。ゆっくり眺めていようじゃないか」

彼等はこつを覚え、各地の電波をとらえ、音と光に変えてみた。しばらくたつと、彼等の優秀な頭脳は動作と声を分析して、声の意味をおぼろげながらではあっても、判断することができるようになった。

この電波はテレビと言う装置のためのものであることが判った。

ボクシング中継をやっていた時もあった。

「これは何のつもりだろう」

「散々なぐり合っているところをみると、喧嘩《けんか》の一種らしいが、大勢見ているところからみると、公開の決闘じゃないかしら」

「それにしても人数が多すぎる。みせしめのための刑罰かも知れない」

「だけど皆楽しそうな様子だ。きっと人間の試運転といったようなものだろう」

別の波長では、野球をやっていた。

「これも、スポーツと言うらしいぞ」

「スポーツとはごく少数が動いて大部分が見物することを言うらしい」

「何が面白いんだろう」

「そうだね。これは非常に複雑な儀式の面白さに共通したものがあるに違いない。それにしても、あの動き廻る選手と言う連中は、あれだけの人数を喜ばせるんだからよほど頭が良くなくては勤まるまいね」

だが何と言っても音楽番組は一番数が多かった。

「この住民は歌とか言うものがよほど好きらしい」

「金属のパイプで音を出しているな。我々が最初音だけ聞いて金属生物と思ったのはこれだったな」

「全く、一日中音楽、音楽だ」

「音楽に支配されているといった感じだ。きっと最初は娯楽のために考え出したんだろうが、今では逆に音楽に支配されてしまっているんだな。住民たちはそれに気がついていないのかしら」

その他、いろいろの番組があった。様子は次第に判って来た。酒という飲みものの作用を想像するのには一苦労した。彼等はこの住民たちが病気を持っているのかと思った。時に突発的に発作がおこり、陽気になり、中には暴れるのもあり、終りにぐったりとしてしばらくは動かなくなる。発作が起りそうになると、それを押えるために液体の薬を飲む。その薬はあまり効かなくて、結局、一連の発作が起ってしまう。

この解釈が違っていたことも判って来た。ボクシングは闘争本能の満足であり、又野球や競馬は勝敗に関するスリルを楽しむもの。酒は飲むと愉快な気分になる作用を持つらしいこと。更に何をするにも金銭が必要で、これを貯《た》めることも面白いことである、とはっきりして来た。

しかし、Q星人の彼等にはこれ等がそんなに面白いこととは考えられなかったし、又、画面にうつる住民たちはこの他に何かもっと素晴しい楽しみを持っているらしい事を示していた。

彼等はその事を知りたかった。

各地のテレビ局を次々受信しているうちに、映画番組を送っているのがあった。若い男女が出会って、話し合ったり、酒を飲んだり踊ったり、自動車に乗ったりを延々と続け、最後に抱きあって唇を合せて終った。

「これだこれだ。唇を合せることがこの住民の最大の楽しみらしいぜ」

「どうも判らないな。しかし、その他に何かありそうじゃないか」

「だが、今迄《いままで》我々の見た限りではそれ以外に何もないよ」

「いやあるに違いない」

「あるものか。なんなら着陸して調べてみようか」

「そうだな。特に凶暴な住民とも思えないから降りてみるか。それが判ったらそろそろ別の星に行くことにしよう」

彼等は早速小型の宇宙艇を用意して乗り込み、地上に接近して行った。

2

彼は通行の絶えた真夜中の道路に自動車を走らせていた。郊外の彼のアパートを目指して。

彼は相当酔っていた。酔ってはいたが悪酔いではなくうきうきしていた。この間から口説いていたバーの女の子が次の休日に旅行に行くことをやっと承知したのだった。二十歳前後のその店には入って間もない子だった。まだまじめさがあって、売上げを増すのに熱心で今晩も随分飲まされた。だが買って行った贈物の腕時計と、通いつめた熱心さとで「いいわ」の返事を、とることが出来たのだった。

やっとものになりそうだぞ。あの子の体つきから考えると今迄知ったどんな女性よりも素晴しいに違いない。全く女遊びの楽しさがなかったら生きている甲斐《かい》なんてありゃしない。芸能ブローカーをしているおかげで女にはこと欠かない。だが、落ち目になった歌手だの女優だのはもうたくさん。飽きちゃった。ある程度うぶでなくちゃあいけない。その上若い事が第一だ。それが俺の技巧につれて花と開いて行く。

おっと危い。あやうく電柱に衝突だ。命あっての物種。女遊びが出来なくなるからな。これこそ人生の目標。人間の最も確実なものさ。地位も金銭も酒も、すべてそのための手段じゃないか。一種の回り道。目標はひとつ。

あっ、星が流れた。どこかに処女を失った女がいるらしい。次の休日は俺が星を流させる番だ。明日は早速旅館に連絡して室《へや》を予約するか。

おかしいな、エンジンが不調だ。ガソリンはある筈《はず》だし、第一こんな工合になるなんて初めてだ。誰か嫉妬《しっと》しやがった。

まあ仕方がない、調べてみるか。彼は車を道ばたに止めた。両側は原っぱで、少しはなれて林があった。

彼は前部のカバーを引き上げ、のぞき込んだ。

3

「こんばんはどうなさいました」

彼等は呼びかけた。胸のポケットに小さなマイクを入れ、コードはそこからズボンのポケットの中にのび、指先で触れられた振動板につながっていた。

「えっ。驚かすなよ。ちょっと故障したんで。それよりあなた方はこんなにおそく何をしているんです」

振り返った彼の目に写った二人は、スマートなスタイルの割に背が低く、又、抑揚の少い、高い声は外国の少年の如《ごと》く思われた。

「いろいろ調べているんです」

それを聞いて彼は外国の少年二人が、休暇を利用して世界一周の無銭旅行をしているんだなと感じた。そんな二人を紹介したテレビ番組があったような気もした。

彼はカバーの中に再び首をつっ込んで、そのまま聞いた。

「そうだ、テレビで見た人ですね」

「ええ、テレビです」

「どうです、この国は面白いですか」

「よく判りません。いったい皆さん、何が面白くて生きているんです」

「何が面白い？　又随分単刀直入な質問だな。子供のくせにませた事を言い出したね。面白いことなんてないさ。あるとすれば世界共通の例のことだけさ」

「例のことって何ですか」

「君達の国にもあることさ。女遊びだよ」

「女遊びってなんです。若《も》しかしたら唇を合せることですか」

「うん、まあそんなとこだな」

「それだけで何が面白いんです」

「それだけじゃないから面白いのさ。まあ俺なんかその道の達人だね。なんにも知らないのか」

彼は話しの通じないことで少しイライラし、その上故障の判らないことでうんざりした。スパナを投げ出し傍らの石に腰を下した。

「それを教えて下さい」

彼等の立っているところは暗く、口の動かないことまで彼には気がつかなかった。

「教えてくれ？」

彼は一寸《ちよつと》とまどった。こいつらはカマトトなのかい。それとも本当になんにも知らないのかい。きっと宗教的な学校に閉じこめられて世間を知らないでいるのかも知れんぞ。可愛《かわい》そうな連中だ。ひとつ人生の楽しさを教えてやるか。いずれ知ることだ。かまうものか。

「俺のやることを見ていろ」

彼は上衣を脱いで自動車に放り込み、草むらに横になって、ひとりでころげ回って実演した。

さっき、カバーの中に首を入れ暖いガソリンの匂《にお》いを嗅《か》いだために酔が出て来た。その上、普通の性の刺激に飽きた彼は、何も知らぬ外国の少年の見ていることで不思議な気分になった。過去の女性一人一人を頭に浮べ、動作を変え、時々「どうだ」とか「判ったか」と口走り動作を変えた。

彼等はあっ気にとられて見ていた。何かしらの質問の出来にくい熱中さを彼が示していたのだった。ポケットに入れてない指を触れ合せ、ささやいた。

「判るかい」

「判らないね。いつかテレビでやっていた体操とか言うものじゃないかな」

「水泳のことだろう。水着姿を舞台にあげてキャーキャー喜んでいるテレビもあったぜ」

「プロレスとか言うやつかな」

「だが、それなら言葉で言えばいいのに」

彼は二人の話し合っているのに気がつかず動作を続けていたが、くたびれても来たし、激しく動いたことで酔《や》も更に発して来た。動くのを止め、草むらの上に仰向《あおむ》けになって力を抜いた。

「動かなくなったな。どうしたんだろう」

「まさか、死んだんじゃあるまい。あんなことが死んでもいい位楽しい事とは思えないからな」

「介抱してみるか」

彼等はうなずき合い、そっと近づいて助け起そうとした。

しかし、肩に手をかけたとたん。

「あーっ」

彼は声をあげてとび起き、そして又倒れた。彼等は驚いて逃げ、近くの林にかけ込んだ。

彼はしばらくそのままぐったりとしていた。今体中をつき抜ける如く感じた非常な強い性感覚。今迄知ったどの女性とも感じなかった烈《はげ》しさ。男性が常に求めていて、又常に不満であるものを一挙に知らされたようであった。

過去の女性を一人一人無理に頭に浮べてみようと思った。無理だった。豪華な食事に満腹した時、昔の貧弱な、たとえその時は喜んで食べたものでもその味を思い出すことは出来にくい。女性がすべて虚《むな》しく見えた。さっきまで頭を占めていたバーの女の子の魅力も薄らいでいた。みんな同じにつまらないことだ。彼は自分自身もつまらなく思った。

ズボンについた草をはたき、ぼんやりと立ち上った。

林の中でのぞいていた彼等は、

「ああ驚いた」

「死んだんじゃなかった」

と、伝え合って林の向うに置いてある小型の宇宙艇に歩いて行った。彼は力なくスパナを拾って再びカバーの中をのぞき込んだ。しばらくあちこち突っついているうちに、不意に機械が直り、エンジンの調子はもとにもどった。

シートに帰り、のろのろと車を走らせた。何だか今夜はおかしな夜だ。飲んだ酒のうちに変なカクテルでもあったのかな。

ああ、又流れ星だ。さっきと逆に飛んだようだ。今見ると流れ星は人生のはかなさを思わせる。

彼は自動車のスピードを前ほど上げる気にはなれなかった。

4

彼等は上空に止めておいた大きな宇宙船に帰り、いつものように指を触れ合って意見を通じあっていた。

「結局、何が何だか判らなかったね」

「まあいいさ。宇宙は広いんだから我々に判らない生活だってあるだろう。もうそろそろ別の星に行くか」

宇宙船の推進装置を動かした。

彼等の訪問した緑の星は次第に遠く小さくなっていった。

「だが、いったいあの星の住民は何を楽しみに生きているんだろうな」

「そうだね。きっと我々には見えないが、何か幻のようなものを見ているんじゃないのか」

珍しい客

都会のなかの、ある新しいビルの一室。景気のいい会社の事務室で、大ぜいの社員たちが机を並べていた。活気を含んだざわめきがただよっている。

窓のそとにはうららかな天気があり、窓のすぐ内側には課長の席があった。そこにすわっている青原という男は、三十歳ぐらいの年齢。ととのった容貌《ようぼう》の持主で、服装の趣味も悪くなかった。もっとも、少しきざな感じがしないでもないが、当人の性格のあらわれだからいたしかたない。

この会社においては、年齢の割に異例な出世に属する。しかし、能力は充分にあり、仕事は巧みに処理している。いささか強引であくどいとの評もあるが、会社にとっては、それぐらいの人物のほうが役に立つ。

また、その才能をみこまれ、重役の娘と二年ほど前に結婚していた。こういった原因やら結果やらが関係し、現在の地位につけたのだった。要するに、前途有望な軌道に乗った、優秀な若い課長であるといえた。

「あの……」

という女の声を耳にし、青原は忙しげに書類をめくっていた手を休めた。顔をあげると、机のむこう側に受付係の女が立っていた。

「なんだ」

「このかたがご面会したいとか。どういたしましょう」

机の上にのせられた名刺は、紙質は古び、書体はやぼったく、何年も前に印刷されたもののようだった。そこに記されてある男名前にも、住所である片田舎らしき村名にも記憶がない。青原はけげんそうに言った。

「知らん人だな。肩書きがついていないと、見当がつかない。どんなかただ」

「ご老人です。六十歳ぐらいでしょうか。こう申しては失礼ですけど、はじめて都会に出てきたような……」

これでは雲をつかむような話だ。

「どんな用件なのか言っていなかったか」

「それは、じかにお会いしてから、お話したいとか……」

やはり要領をえない。多忙を口実に断ってもいいのだが、この謎《なぞ》めいた古ぼけた名刺の主を、見たい気にもなった。

「仕方がない。面会室にお通ししてくれ。すぐ行く」

「はい」

受付の女は戻っていった。青原は吸いかけのタバコを灰皿でもみ消し、服についたちょっとしたごみを払いながら席を立った。ついでに、机の上の名刺をつまみあげ、眺めながら歩いた。

なにかの人ちがいだろう。社の直接の取引先の所在地は、大きな町に限られている。小さな村から出てくる必要はないはずだ。彼は首をかしげながら、面会室へ入った。

「どうも、お待たせしました」

さっき報告されていた通りの老人が、身をかたくして椅子《いす》にかけていた。陽にやけた、ぼくとつそうな男だった。服の型は古く、ネクタイは色あせ、室内の明るく近代的デザインの家具とそぐわない。山奥の匂《にお》いを、かすかに発散させていた。老人もそれを意識してか、落着かぬ様子だった。

「あの、じつは……」

老人はなまりの強い言葉であいさつをし、自己紹介をつづけた。村で小規模な農業をやり、そのかたわら、余分な部屋を利用して旅館を兼業していることを。旅館と称するには恥ずかしいと、しきりに弁明した。

青原はまだるっこしさを感じ、いらいらしてきた。

「それより、ご用件はなんでしょう」

老人は青原の顔を、しばらく無遠慮に見つめていたが、やがて言った。

「たしかにあなただ。あなたにまちがいないようだ……」

「いったい、どうしたのです。お会いするのは、はじめてのようですが」

「いや、そんなことはない。わしらの村に来なさったことがある」

「そうでしたかね」

「あれは、たしか五年前の夏でした。登山の帰りがけだとか……」

「そうそう、そういえば……」

青原はやっと具体的に思い出し、うなずいた。彼は夏の休暇をとり、自由な青春時代を楽しむべく、ひとり山歩きをした。その時に、ある村に三日ほどとまったことがある。

二度と来ることもあるまいと、村の名は忘れてしまっていた。利害に関係のないことに、青原はあまり記憶力を費さない主義だった。

しかし、風景は覚えていた。山奥の谷あいにある人口も少ない村で、旅館とは呼べないようなわらぶきの家にとまった。そこの主人がこの老人らしい。こっちはすっかり忘れているが、客もめったにないあんな旅館の主人となると、頭に残っているものとみえる。

「思い出されたようですな」

「ああ、あの時は世話になったな」

青原はなつかしそうな口調で言った。しかし、とくにサービスがよかったことを思い出し、感謝したわけではない。一泊でたくさんという家だった。だが、そんな村に三泊もしてしまったのには理由があった。

一泊でたつつもりだったのだが、夕ぐれの散歩に出た時、若い娘と知りあった。彼は持ち前の図々《ずうずう》しさで話しかけ、持ち前の口のうまさでそれをさらに進め、つかのまの快楽をとげた。

山奥育ちにしては色が白く、美しいといえないこともない女だった。人なつっこいところもあった。都会人である彼にひかれたためかもしれなかった。そのため、一夜で別れるのは惜しく、三日もとどまってしまったのだ。しかし、そのあとは持ち前の冷淡さを発揮し、それで終りだった。

この回想が湧《わ》いてきたが、青原はべつにどうとも感じなかった。このたぐいの経験は、彼にはかなりあったのだ。独身時代につきあった女は、かず多かった。しかし、すべてあとくされなく整理し、重役の娘と結婚することができた。

人生には要領と、それを支える図々しさだけがあればいい。だからこそ、おれはこのように昇進の道を進んでいる。それのできない奴《やつ》らは、下積みで終るのだ。現代の法則ではないか。

それにしても、この老人はなにをわざわざやってきたのだろう。青原はうながした。

「で、ご用件は」

「あの時の娘っ子のことで……」

「娘……」

青原は少しどぎまぎした。そしらぬ顔をすればよかったと、すぐ反省した。いつもの彼ならそれをやってのける。だが、老人の表情に気を許し、また女のことを回想していたため、そうもできなかった。老人は身を乗り出した。

「はい。その娘のことなのです」

青原はいやな予感がした。あの女がこの老人の娘であり、きず物にしたとかいって文句をつけに来たのだとしたら、いささかやっかいなことだ。もっとも、うまく丸めて追い返す自信はあるが、いくらかの金を渡さなければならないかもしれない。青原はさりげなく聞いた。

「あなたの娘さんででも……」

「いや、わしには男の子ひとりあるきりだ」

口調にも顔にも、怒りらしきものはあらわれていなかった。青原はほっとした。面倒に巻きこまれたのではないようだ。老人はつけ加えて言った。

「あの娘っ子をお好きだったようで……」

「あの娘とは……」

青原はまたとぼけようとしたが、ほっとしたとたんだったので、今度もうまくゆかなかった。こんな老人が相手だと、いつもの調子が狂ってしまう。老人は頑固そうに念を押した。

「おかくしになってもだめです」

「そうだとしたら、どうなんだい」

青原も強い言葉になった。こうなったら、居直り戦術でやるとするか。頭のなかで、おどかしの文句をいろいろと選びかけた。

「よかった。やはり、あなたでしたか」

どういうことなのか、老人はうれしそうだった。さっきから、勝手がちがってばかりいる。老人は重い口調で蜿々《えんえん》と話しはじめた。残していった名刺をたよりに、ここを探しあてるまでの苦心を。

青原はあの時、自分のではなく、たまたまポケットにあっただれかの名刺を渡してきたことを、老人の話で思い出させられた。すっかり忘れていたし、だれの名刺だったかも覚えていなかった。

老人は名刺の主をたずね、その者から何人かの心当りを聞き出し、この大都会をひとりひとり面接して回ったらしい。なんでまた、そんな苦労を……。

その執念のようなものに、青原は薄気味わるさを覚えた。同時に、いささか後悔した。その女をもてあそんだことをではない。うまくものにした手柄話を、だれかれとなく自慢げに喋《しゃべ》ったことをだ。そんな点から足がついたにちがいない。

彼は顔をしかめ、手を振った。

「そのお話は、もうたくさんです。それで、いったい、その娘さんがどうしたとおっしゃるのです」

「死にました」

「死んだ……」

青原はおうむがえしに聞きながら、気の毒にと思った。だが、同時に安心感を感じないでもなかった。

「しばらく前のことです。足をふみはずして谷へ落ち、そのけがもとで……」

「事故とはかわいそうですね」

香典でも包んだほうがいいのだろうか。しかし、それにしても、こんなにまでして知らせに来るとは。その理由を早く知りたかったが、老人の表情からは想像できず、口調は依然としてゆっくりだった。

「あの娘っ子の残した土地がいくらかある。それを受取っていただけないものかと……」

話は意外な進展ぶりをつづける。あの女がおれを忘れることができず、遺言でもしたのだろうか。青原はまんざらでもない空想をした。しかし、謝絶したほうが利口なようだ。へんな噂《うわさ》はたてられないほうがいい。

「ありがたいようなお申し出ですが、そんなものを、いただく筋あいはありませんよ」

「しかし、ほかに身よりがない。あなただけです。ぜひ受取っていただきたいので」

土地をもらってくれという。価値にしたらいくらでもないだろうが、気前がよすぎるではないか。

「しかし、いただいても、どうしようもない」

「ぜひお願いします。ご不用でしたら、売って金にし、それをお送りしてもいいのです」

老人は熱心だった。そんなにまで進呈したいというのなら、承知しても悪くはないだろう。最初はどんな難題を吹っかけられるのかと心配だったし、金を取られるのかとはらはらしていた。それが逆になったわけだ。金ならば、使い道はどうにでもなる。バーにでも出かけて、気前よく使うのも悪くない。

「そんなにおっしゃるのでしたら、いただかないこともありませんが」

「ほんとですか。やっと肩の荷がおりました。村の者たちも、どんなに喜ぶことでしょう」

老人の顔には、うれしさがしわのあいだににじみ出ていた。しかし、青原にはどうも理解できない点が残っている。

「しかし、それほどまでにして、なぜこの私に……」

「あなたが、ただ一人の身よりだからでございますよ」

「いったい、さっきも身よりとおっしゃったが、私はただ、ちょっと会っただけなのですよ。なぜです」

「子供の父親だからです」

この老人の言葉で、青原はあわてた。そんな問題を持ちこまれては、順調な今の立場にろくな結果をもたらさない。とんでもないことだ。声はしぜんに大きくなった。

「おいおい、冗談じゃないよ。だれの子供だかわからないじゃないか。単なる旅行者にむかって、言いがかりをとどけに来たというのか」

「いえ、あなた以外に父親はおりません」

「私だという証拠はないはずだ。村には若い男だって多いはずだ。それに、きれいな女だったから、言い寄った男もたくさんいたにちがいない」

「いえ、いくらきれいでも、狐《きつね》つきの血すじの女ですから、そこまで親しくするわけがありません」

老人は確信を示した。女は村の男に相手にされず、男を求めて彼に親しげにしたのかもしれない。

「狐つきのようには見えなかったがな」

「時たま発作がおこるのです。狐のようになってしまうのです」

「まあ、なんだか知らないが、私には関係ないよ」

青原は手おくれであっても、あくまでしらをきる決心をした。

「土地を受取ることを承知なさったではありませんか。それに、あなたに似ております。村の者も、あなたを見れば、たしかにそうだと認めるでしょう」

「それで、どうしようというのだ」

「子供を連れてきてさしあげました」

老人は腰をあげ、面会室のドアからそとをのぞいた。

「おい、待ってくれ」

青原は声をかけたが、もうおそかった。老人の合図によって、青年が幼い女の子の手を引いて入ってきた。老人につきそってきた、村の青年なのだろう。彼も喜んでいた。狐つきの血すじがこれで村から消滅したという、解放感からかもしれない。

二人は、呆然《ぼうぜん》としている青原のそばに女の子を置き、帰っていった。あまりのことに、彼は声も出なかった。

「パパ」

と呼ばれたような気がし、青原はわれにかえって子供を見た。しかし「パパ」と呼ばれたのではなかった。子供の声はしだいに高く、大きくなっていった。そして、狐のなき声そっくりになりつつあった。

狐《きつね》のためいき

私は狐なのです。

伊豆《いず》の天城《あまぎ》の山の中に住む、たくさんの狐のなかの一匹です。

私はいつも仲間には馬鹿《ばか》にされています。それは、人間が化かせないからです。仲間の連中はいつも美しい人に化けて、今日は馬の小便をのませたの、犬の糞《ふん》を食わせたのと、とくいげに話しますが、その時は悲しく、ひとりで淋《さび》しくしていなくてはならないのです。

化けられないのではありません。山の水たまりに、こっそりとうつして見ても、仲間のどの狐より、いっそう美しく化けられることも知っています。それでも、人間の前には出られないのです。人間の苦しさを知っていますから。

都会のあわただしさ、絶望、焦燥、まったく明日を考える余裕のないところで、しいて惰性によって生きているひとびと。そんな人たちがほんのわずかのひまをみつけ、この伊豆にやってくるのです。その人たちの前に私が美人となって現れたところで、どうなるのでしょう。結果において化かしたことにはなるのでしょうが。ひとびとは、私たちの化けたのを知っています。そして、はかなく自分をなぐさめているのです。山にのびのびと住む狼《おおかみ》に近い犬の糞でも、日々を砂を噛《か》むような思いでいるひとびとがまずいと思うでしょうか。また都会の雑踏のほこりをあびた屋台の、怪しげなアルコール類よりきたないと思われるものが、この清い空気と美しい草の牧場にあるでしょうか。

都会の人は、知っていて化かされているのです。仲間たちは、それを自分で化かしたつもりで喜んでいるのです。都会の連中は甘いよとか、さっきの男は人がよくてばかみたいだと自慢げに話すのですが、私はそう言う連中の方がばかに見えます。むかしなら化かされた人は、気がつけば怒ったでしょう。しかし、今のひとびとは、化かされたと気がつくまい、と自から努めているのでしょう。ひとびとは楽しい夢などない事も知っていますし、化かされたことも知っているからこそ、化かされた事を楽しい夢に作りあげずにはいられないのです。

私にはそれがよくわかっています。それだから、人が化かせないのです。仲間は私にさげすみと、あざけりの目をむけています。お前はばかだから、いくじがないから、だらしないからなにも出来ないのだと言わんばかりです。

いや、あからさまに私をののしるのもいますが、私はそれに対してひとことも言えません。時には化かされているのはお前たちなんだよ、と言おうかなと考えることもあるのですが、しかし、それは言っても無駄でしょう。軽蔑《けいべつ》し切っている仲間は、そんな事を聞くはずもありませんし、また、もしわかってたら、いや、そんなことはないのですが、わかってくれたとしたら大変です。その哀れなさまは、考えただけでも恐しいではありませんか。

どっちにしろ、私には言えません。ただ、あざけられるだけなのです。自分が劣った狐であると考えてしまうこともあります。また、それが本当なのかもしれません。私たち狐はただ昔から伝わった、化かしの術で、人間がどう思おうと、単純に化かしたつもりになって喜び、人間をばかにして、のんきに野山をうろついて生きているのが本当なのかもしれません。

ある日、私たちのうちでいちばん年寄りの狐が私にそっと、お前には人間の血がまざっているのだと言ったのでした。狐は人を化かしても、決してからだを任せる事はないのですが、私の母狐はそれをしてしまったと言うのです。いたし方がなかったのでしょう。その男は、伊豆に死にに来たのでした。恋人にはあざむかれ、事業は仲間にだまされ、たのみとする古い友だちにも、落ち目の彼はみはなされたのでした。この世での最後の狐の化かしも、あるいは彼には事実として、うつっていたのかもしれません。

あくまで人を信じ、人を疑わなかったその男のあどけない目つきには、化かす事にはなれ切っていた私の母狐が、すべてを許してしまったのも無理のない事でしょう。私がこんなばかげた狐になったのも、あるいは母狐が禁を犯した罰なのかもしれません。

また、時には、仲間から離れて住んで、からかえばすぐ怒る猿や、人を化かそうとしても、すぐに自分から尻尾《しっぽ》を出してしまうのんびりした狸《たぬき》や、ただ可愛《かわい》いだけの野《の》兎《うさぎ》や、きれいな声の小鳥たちと暮してみようかとも考えるのですが、それも結局は気取った、かえっていやらしいものに思われそうです。

山の中には兎などをつかまえる罠《わな》がありますが、私たち狐はそんなものにかかる事はありません。罠をしかけた人も、狐をとろうなどと考えてはいないのでしょう。

しかし、ある朝、狐がかかったと言って、子供が父親に知らせてくることがあるかもしれません。父親はその日の畑仕事のために鎌《かま》をといでいるのを止《や》めて、立ちあがるでしょう。としとった、その子供の祖父は、どれどれ、そんなことはあるはずがあるまいに、とみなと共に罠のところに歩いてくるでしょう。

そこに押えられているのは私です。狐のうちでも、いちばん間抜けなやつです。さあ、どうにでもしてくれ、とふてぶてしく装《よそお》うつもりでいるのですが、その時、子供は敏感ですから私の心を見抜いて、やあ、狐のやつ悲しそうな目をしてらあ、と叫んだらどうしましょう。

その時の私の哀れな、みにくい、情けない姿を考えると罠の近くは通れないのです。いったい、どうしたらいいのでしょうか。やはり、明日から平凡な狐になるようにしましょう。美人にも化けましょう。人にきたない物を食わせましょう。そして、仲間と集った時は、それを誇張してとくいげに話しましょう。しかし、それが私にできるのでしょうか。

作者のメモ

これが私の、作品第一作。のちに千編を超えるショートショートの、一号というわけだ。書いた時には、考えもしなかったが。

近く転居するので、裏口のそばの物置きの整理をした。なつかしいが、再読することもない古雑誌が多かった。しかし、このようなガリ版の珍品もまざっていた。

紛失と思ってあきらめていたのだが、思いがけず出現した。記録と保存のため、ここに再録しておくことにした。そう長いものではないし。

昭和二十四年（一九四九）に私は二十二歳だった。その九月号の「リンデン月報」だ。リンデンはグループの名で、ドイツ語の菩提樹《ぼだいじゅ》のこと。単数のリンデが正しいのだが、ドイツの歌曲が有名で、こうなった。

戦争が終り解放感を持ったものの、映画とラジオ音楽のほかになにもなく、文化的めいたことをはじめたのだ。若かったし、健全なものだった。

私の作品の裏のページには、音楽家の内藤法美さんが、映画『哀愁』の主題歌「ウォータールー・ブリッジ」の歌詞つきの楽譜をのせている。内藤さんは、アコーデオンの名手だった。

作品中に、伊豆が出てくる。前年に流行した古賀メロディーの『湯の町エレジー』の影響だろう。「伊豆の山々……」という歌は、いまも生きている。猿はいるらしいが、狐はどうなのか。そのころの追憶をもっと書きたいが、読む人に通じないだろう。踊り子は、列車名にだけ残っている。戦前の銀座で下駄《げた》の音がうるさかったなど、すっかり忘れている。

で、この作品だが、成立事情もおぼえていない。紙面を提供すると言われ、調子に乗って書いたようだ。

学生時代の作文用の原稿用紙があったので使ったが、なんと六百字詰。ガリ版がぎゅうづめになり、改行が消え、末尾では何行も字が小さくなっている。プロの仕上げなので、字は読める。また、表記も旧式で、略字、新かなは使ってない。それらもすべて、現代的にあらためた。子供っぽい感じもあるが、若くないと書けないムードもあるようだ。太宰治は読んでいたが、そう影響はみられない。ブラッドベリが日本に紹介されたのは、この八年ほどあとである。

当時の若者の、共通した気分らしきものがある。

父の死去は昭和二十六年。借金の整理の悪夢はそのあとで、いろいろあった時期だ。

それらが一段落したあと、UFOに興味を持ち、柴野《しばの》さんのSF同人誌「宇宙塵《じん》」に作品を書き、それが「宝石」に転載されて原稿料が入るようになった。

運がいいと言われることもあるが、そのずっと前に「狐のためいき」を書いているのだ。自分では採点のしようもないが、書くことへの抵抗はなかった。

なお、この時、私は大学院の前期二年生で、化学実験をやっていた。先日、東大の大学院の女性の会（妙なのがあるな）に呼ばれ、話をした。修士課程を二つ出て、博士課程に在籍の人もいた。

まいったね。それから私は、自分の略歴から、大学院に行ったことを削るようにしている。学歴で作品が書けるわけじゃない。

担当員

おそい朝食をすませると、お昼ごろになっている。書斎に入ったが、することはない。おれはねそべり、テレビを眺める。

午後の番組は、たあいのないものばかり。頭も使わなくてすむし、感情が深刻になることもない。

しなければならぬ仕事も、したい仕事もないのだ。人生の負担分を、まあすませたような気分。

自然界の大原則でも発見すればいいんだろうが、むりというものだ。可能だったら、若いうちにやっていたろう。これからでは、まにあわないし、元気もない。

疲れやすくなったものだ。なにもやらないでいるのに。

いつごろから、こんな日常になってしまったのか。かつては脳を限界ちかく働かせたこともあったが、そんな気がするだけのことか。いつのまにか、こうなってしまった。

「あの……。退屈そうですね」

声を耳にし、テレビから目を移すと、小柄な童顔の男が、そばにいた。若くはなく、笑っているようだ。

「退屈なので、それを楽しんでいるのさ。で、あなたはだれなんだい」

「あの、おむかえの係ですよ。お待ちになっていたんでしょう。ね」

言われてみると、そんな気分だ。少し前、年齢を考えず、張り切って仕事をして死んでしまった友人もいる。どうせなら、おむかえを待てばいいのだ。こっちから急いで行くことはない。

否定や反対をする気はない。

「そうだな。テレビはあるが、番組の限界も見当がついた。あっという面白さが、不意に出てくるとも思えない。永久に見ていたいものではない。つまり、ただぼんやりしているだけだ。で、どうやって、あなたはここへ来たんだ」

「あのね、そこの日記帳のページのあいだから出てきたのですよ。たまたまあったからで、辞書からでも、ウイスキーのびんからでも、鏡の奥、花、風に乗って、どこからでもいいんです」

「日記帳には、たいしたことは書いてなかったろう。テレビを見るか、雑誌や本を読むぐらいじゃ、書くこともないしね。むかしだったら……」

元気があった。流行の変化を見にも行ったし、バーで友人と飲んで話したし、仕事もやったし……。

「いまは、のんびりなんでしょう。若い時の日常を、つづけることはありません。お手伝いした成果が、あらわれているようですね。内部の欲望を、少しずつへらしてきたのですよ。これはサービスのつもりでして、ご不満でしたら、お戻ししますよ。なんだったら、さらに強力にして」

笑い顔をつづけて、相手は言った。人それぞれ、反応がちがうのか。

「ご好意はありがたいが、そうなったら、忙しく動きまわって、残りの人生が短くなる。しかも、あれこれ未練を残しながら死ぬわけで、いやだろうな。興奮剤を使ったようなものだ」

「まあ、判断はそれぞれですね」

「欲望だの気力がへるのは、悪いことじゃない。若いうちは、死につながることは、考えるのもいやだったけどね」

相手は童顔で、うなずいた。

「そうですよ。若いうちは希望に燃えていますからね。恋愛、向上、成功など、目標はいくらもある。おむかえの側も、気が進みませんよ」

「だろうね。あなたのようなのが来るとは、夢にも思わないものね。こっちは、空想しかけた時期なので、あわてないですんだ。突然に出現し、正体不明じゃ、驚くよ」

「でしょうね」

「二十年ほど前に死んだ知人、幻覚かとおびえ、周囲が心配したそうだ。そんな場合もあるんだな」

相手は、まじめな顔になった。

「好ましい例じゃ、ありませんね」

「天寿をまっとうした人の最期《さいご》は、いいね。そろそろだな、苦痛はないが、病気の全快もなさそうだ。では、幕を引くとするか。そんな言葉を口にしてね」

「おたがいの理想的な形ですね」

「そんな人は、なにか業績を残したような気分になるのだろうな。あなたがたのサービスのひとつかな」

「いやな思い出が消えれば、満足感だけが残るものです」

調子のいいことだけ、並べられた。しかし、気になることを思いついた。

「すべて、そういけばいいよ。しかし、不意に暴漢に襲われたりしたら、かなわん。

せっかくの、おむかえはどうなる」

「活力の弱まった人に手を出し、刑を受けるぐらい、割りの合わないことはありませんよ。めったにありません」

「そうならいいが」

「わたしが出現したからには、変な目には会いませんよ。危害を加えようとする人物にとりついて、片づけてしまいます。その能力はあるんです」

「そうだったな」

「わたしの仕事を、じゃまされたくない。あなたの担当なんですから。おむかえ係の出現前の若い人なら、事件や事故が身にふりかかるでしょうけど」

そうなっているのか。見ているうちに、この小柄な男が、座敷わらしに似ているように思えてきた。

「民話なんかに、なってないのかい」

「見た人は、あまり話したがらない。想像力の不足ですかな。座敷わらしからの連想ですね。少し似てますな。家にいてくれると、金持ちになる。同様に、わたしがついていれば、ご出発の気になるまでは安全です」

「安全で刺戟《しげき》がないとなると、退屈でいやになる。早く連れてってくれと、言わせる計画かな」

「そんなこと、ありませんよ。おむかえといっても、社会生活でないので、日時がきまっていません。本当に極度の退屈で、その気になってからでいいのです。いつかは、行くんです。急ぐことはありませんよ。ぜひ早く行きたいのなら、べつですが」

「まあ、考えてみよう。考えても、人生の大目標は浮かんできそうにないな」

話が戻ったようで、相手はまた笑い顔になった。

「お望みなら、それを心に植えつけてあげましょうか。わたしは、いなくなりますが」

「そうなると、出現前の状態になってしまうな。こう話しをしてみると、いてくれたほうが、安心感がある。おむかえで、こんな気分になるとはね」

ふしぎなものだ。中年になる前は、こんなことは考えもしなかった。

「少しは、お役に立っているわけですよ。しかし、こう全面的に迎えられるとはね。やりにくくなった。で、長生きしたいとお思いですか」

「ぜひにとはいわない。むかしは長生きを考えたものだが」

「欲望の芽をつんでしまったのでね。少しは残しといたほうが、よかったのかな」

「サービスの、しすぎかもしれない」

「あと、なにかお聞きになりたいことは」

「行き先がどうなのか、昔は知りたかったよ。無のようなものだろうな。だから、あれこれ想像できる」

「ご出発は、おくれそうですね」

「気の毒だな。仕事をさせないみたいで」

「ご心配なく。いい休養です。ずっと、くっついて、お待ちしますよ。わたしの存在になれてしまうと、困るかな。強烈な存在感がなくて、残念だ。時どき、なんのためにいるのか、思い出して下さいよ」

収穫

「さあ、とりいれに行こう」

巨大で透明に近い宇宙生物のひとりは、このような意味のことを言った。といっても、それは人間などには想像もつかないような方法で、意志を交換するのだった。

「こんどは、どっちの方のなの」

暗黒星雲のなかに入ってしばらく眠ってきたほうは聞き返した。

「ほら、あっちの方のさ」

「まだ、早いんじゃないかしら」

「いや、いまから出かけて、ちょうどいいんだ」

「それじゃあ、出かけましょうか。このあいだ集めたのは、もうないのね。時どきあれを味わわないと、ぐあいが悪くなるようだわ」

彼らは空間を泳ぎはじめた。

「見てごらん、豊作の前兆だ」

遠くで超新星が輝きを増していた。

彼らはひろびろとした空間をただよいながら、長い長い時間を生きている。稀薄《きはく》な星間物質から生まれ、銀河からの電波を受けて育ってきた。

星々はいつも彼らの周囲、どの方向にもまたたいていた。星々は彼らにさそいかけているように見え、彼らはそのさそうがままに、すでに多くの星をおとずれてきた。もちろん、時間のかかることではあった。しかし、彼らの長い生命からみれば、それはたいしたことではないのだった。

「おい、たのしみだな」

「急ぎましょうよ。なくなってしまったら、つまらないじゃないの」

「あわてなくても大丈夫、あれをとるものは、ほかにはいないさ」

彼らは楽しそうに泳ぎつづけた。前に見えていた黄色く光る星も、赤と青の二重星も、いつしか、うしろになっていった。それらは見あきたものであり、彼らはある星をめざして進みつづけた。

かつて彼らがこのように宇宙を泳いでいた時、小さな銀色の粒がひとつ、どこからともなく流れてきたのをみつけたことがあった。彼らのひとりがそれをいじっているうちに銀の粒は大きなエネルギーを出した。温かく、刺激的で、すばらしい感覚だった。

「本当に気持ちがよかったわ。こんどみつけたら、あなたにあげましょうね」

「そんなものがあるのかなあ」

しかし、やがて長い時間ののち、銀の粒はもうひとつみつかった。そして、彼らはその味を覚え、もっと欲しいという意識がめばえた。

銀の粒はどこにあるのだろう。どこから流れてきたのだろう。彼らはそれまでのように漫然と宇宙をただようのをやめ、銀の粒を求めながら宇宙を泳いだ。

やがて、ついにそれはみつかった。ある恒星のまわりの惑星の、そのまたまわりに実っているのだった。といって、どの星の惑星にもあるとは限らなかった。だからせっかくやってきても、むだ足になることもあった。それに、とりつくしてしまうと、また長い間かかってそれのなっている惑星を探すのだった。彼らは自分たちに作れないものか、といつも考えた。しかし、それはとても無理だった。出来ているのを探してとる以外にないのだった。

しかし、何回もくり返すうち、どんな星々にできるのかの、大体の見当がつくようになってきた。見当をつけて出かけて行くと、案の定できているか、しばらく待っていれば銀の粒の出来てくることが多くなった。

「あれはどうして出来るのかしら」

彼らは泳ぎつづけながら話していた。

「大気の底の方で小さなものが動いているようだけれど、なにか関係があるんじゃないかな」

銀の粒のなる惑星の表面は、きまって厚い大気の層でおおわれているので、その底の方で動く小さなものをつまみあげることは、彼らの体質ではできないのだった。

「いったい、われわれはなんのために生きているんだろう」

そのような惑星上の進化した生物たちは、時どき、こんなことを考えてみる。あるいは失意のときに、あるいは得意の絶頂で、そしてある時は、退屈してほかに考えることがないので、ふと。しかし、すぐ、

「こんなことを考えたってなにになるんだ。生きている間だけでも楽しく過ごすくふうをした方が、よっぽど利口じゃないか」

と考えなおし、よりよい生活を求めようとするのだ。それにつれ科学は進歩をつづける。住みよい家、豊富な食物、美しい着物、などを求めて。そして時どき、科学の進歩はためされる。戦争。

「なぜ戦争をしなくてはならないんだろう」

負けた連中たちは、その時だけこんな疑問を持ちはするが、勝った方は科学の進歩をたしかめて満足するのだ。戦争が終ると、その試みでわかった不便なところを改良したり、戦争中に得たヒントから新しい機械が作りだされる。何回も戦争はくり返され、原子爆弾が作られる。それを使った戦争が終れば、例によって次にはそれを改良した水爆ができ上るのだ。

水爆はどんどん作られ、数はふえる。それに性能だって驚異的にたかまって行く。

「だれのために、こんなものを作るんだろう。運命かな本能かな」

しかし、こうなると何者かに追いたてられるような気持ちで作りつづける以外にない。だが、たくさん作るのはいいが置き場には困る。国内に置いておいたのでは、不意打ちをくらったら、ひとたまりもない。そこで頭のいい者が、

「人工衛星につんでおこう」

と考えつく。ロケットも戦争のおかげで、それが出来るぐらいに進歩している。地面にぶつかればすぐ爆発するように仕掛けられた水爆は、ロケットにつまれ、つぎつぎと発射されるのだ。お先ばしりの者は、

「いまにまわりに環《わ》ができるだろう」

と、のんきなことを口走る。しかし、それを怒るわけにはいかない。まもなく、このおかげで地上は平和になるのだから。もっとも、しばらくはだれもかれも、ひやひやしている。だが、あれが落ちてきたら、と考えると戦争のやりようがない。戦争はもう起らないのだ。そのうちに、ひやひやするのにもなれる。気がついてみると、これが平和というものなのだ。

「あれで永久に平和になるとは、考えてもみなかった」

人びとは時どき空を見上げて、思いだしたようにつぶやく。夜であれば星々がまたたき、なにかをささやきかけているようだ。そんな時にふと頭をかすめることは、

「いったい、われわれはなんのために生きているんだろう」

「あたしたちのために出来てくるのかしら」

「そんなわけでもないだろう」

彼らにとっては、銀の粒がどうして出来てくるのかなど、知りようがなかった。

「いつも味わっていたいわね」

「そうそう、きみが眠っている間にいいことを考えついたんだぜ」

「なによ」

彼らの目ざす星は近づき、輝きを増していた。

「ほら、気をつけろ。それにさわると、けがするぞ」

彗星《すいせい》が彼らのそばをかすめたのだった。

彼らは速さをゆるめ、月をひとつ持った青い惑星に近よった。そのまわりには彼らの好きな銀色の粒がいくつも回っていた。それらはかげの部分から出るたびに光をうけ、きらきらと美しく映えていた。

「やっとついたわ」

「ずいぶんたくさん出来ているなあ」

「いつ見てもきれいね」

「どっちがたくさん集めるか、競争しようよ」

うきうきした雰囲気が彼らの間にみなぎった。

「あとでゆっくり味わおうね」

「ええ」

彼らはすでに貯《たくわ》えることを知っていた。からだの一部に磁場をつくり、ひとつひとつ拾い集めはじめるのだった。

「二種類あるのね」

「なんだ、いま気がついたのかい。どこのだってそうさ」

「これは、なかがからのようだわ」

「しまった。これは隕石《いんせき》だった」

しばらくたつと、嬉々《きき》として集めつづけた彼らによって、あらかたとりつくされたようだった。

「たくさん、とれたな」

「ほら、まだあそこにいくつか残っているじゃないの。拾ってくるわね」

しかし、彼らのひとりはそれをとめた。

「まてまて、あれは持って帰るぶんじゃない。さっき言いかけたけど、全部とりつくさない方がいいんだよ。この次にきた時、ふえているようにね」

「そうなの。あれがこの次までにふえているのかと思うと、ちょっとふしぎね。宇宙って神秘なもので満ちているのね」

「さあ、もうひと仕事して、ひきあげるとしよう。手伝っておくれ」

「どうやるの」

「やさしいことだよ」

それから彼らは残ったいくつかをつまみ、厚い大気層の底をめがけて勢をつけてつぎつぎと押し込み、この次の豊作を祈りながら、まんべんなく種播《ま》きをなし終えた。

壺《つぼ》

むかし。ある日のこと、ギリシャの哲人スタルノバスは、海岸で釣りをしていた。空は明るく晴れ、地中海の水は青く美しく、まことにいい気分だった。

彼は自分では、あくまで哲学が本業であり、釣りは趣味なのだと思いこんでいるが、他人はだれもそう認めていなかった。スタルノバスは名論らしきものを発表したこともなければ、ひとりの弟子もいない。しかし、釣りにかけては名人に近く、どんな大きな魚でも必ず釣りあげてしまうという腕前だった。

スタルノバスは白いガウンを潮風になびかせ、岩角に腰をかけて釣糸をたれ、思索にふけっていた。

「宇宙は有限なのであろうか。はたまた、無限なのであろうか」

以前からこの問題にとりつかれていたのだ。彼の手にあまる、とてつもない大問題だ。しかし、ひろびろとした海をながめ、こんなことを考えていると、自分が偉大になったような心境になれるというものだ。

やがて、糸に手ごたえがあった。引きあげてみると、獲物は魚でなく、妙な壺であった。どことなく神秘的な感じがする。

「金貨でも入っていてくれるといいが。いやいや、哲学者たるもの、そのような欲っぽいことを期待してはいかん。もっと高級な精神を持たねば……」

そうつぶやきながら、なにげなく栓をはずすと、なかから、これまた妙な人物があらわれた。さほど大きくない壺の、さほど大きくない口から出現したのだから、ただの人物でないことは容易に想像できた。スタルノバスは思わず質問した。

「宇宙は無限なのか、有限なのか、ご存知でしょうか」

みえをはって高級な話題を持ちだしたわけだが、また、この人物なら正しい解答を与えてくれそうな感じもしたのだ。はたして、相手は答えてくれた。いともあっさりと。

「いうまでもない。無限にきまっている」

「たしかなのでしょうね」

「もちろんだ。わたしはなんでも知っているし、うそはつかぬ。もしうそをついたら、たちまち消滅するよう運命づけられている」

「それでしたら……」

スタルノバスは喜んだ。いい相手にめぐり会えたものだ。この際いろいろなことを聞いておこう。それに、まずこの人物の素性も知りたい。だが、相手は首を振った。

「もうだめだ。ひとりに一回きりだ。わたしはもとのところに帰らねばならぬ」

そして、たちまち、男のからだが細くなったのか、壺の口が広くなったのか、なかへと戻りかけた。

その時、スタルノバスの手練の早業。釣糸が飛び、その先端が相手にからまり、とらえることができた。逃がすものかとばかり、手に力をこめ、両足は岩角にしっかりからみつけた。

そのとたん、なにかが起った。なにが起ったのかよくわからないが、スタルノバスが気がついてみると、相手は依然としてそこにおり、壺は見えなくなっていた。

「つい、無理な方法で引きとめてしまって、申しわけありません。他の質問はだめとしても、宇宙が無限であるとの説明をしていただけませんか」

それに対して、相手は消え入りそうな声で答えた。

「おまえは、とんでもないことをしてくれた。おかげで、さっきの答がうそになった。この宇宙は有限だ……」

声は小さくなり、本当に消え入ってしまった。声ばかりでなく、姿まで。

その日以来、スタルノバスは釣りを本業とあらためた。哲学のほうは趣味として残そうともせず、きれいさっぱり足を洗ってしまった。なぜなら、あまりに思索に熱中しすぎたため、変な幻覚を見てしまった。さらにつづけたら、頭が狂ってうれうべき事態になる。また、幻覚でなかったとしたら、あの事件によって、宇宙が有限になってしまったのだ。いずれにせよ、いちおうの結論は得たというべきであろう。

大宣伝

「きょうはきわめて重要な討議をする」

と社長が言った。ここはＫ食品会社の会議室。かなりの大会社なので、室内はなかなか豪華だった。立派なテーブルのまわりには社長のほか社の幹部たちが着席した。

ざわめきの静まるのを待って、社長は話しつづけた。

「諸君も知っての通り、わが社の研究陣は、二十一世紀の奇跡ともいうべき新しい化学調味料の発明に成功した。これにつぎこんだ研究資金は莫大《ばくだい》な額になった。やりそこなえば社運が傾くかもしれない状態におちいったこともあったが、われわれは断固として企画を進め、ここに、ついに成功した。くわしくは担当の者から説明してもらうことにする」

指名されて研究部長が立った。小さなビンに入った白い粉を列席者に配りおえてから言った。

「学術的な用語をさけ、簡単に解説いたしましょう、この新調味料は、画期的なアイデアにもとづくものです。これを使うことにより、すばらしい味の料理ができるのです」

この時、ひとりの幹部が口をはさんで質問した。

「わたしは科学についてはよくわかりませんが、これをなめると、どんな味がするのですか」

「これだけなめても、なんの味もしません」

「味のない調味料とは……」

また一同がざわめいた。しかし、研究部長はうなずいて言った。

「そうです。そこが画期的な点です。在来の調味料はうまさの成分を抽出したものです。しかし、これはまったくちがうのです。どのような作用があるかといいますと、食品の持つ独特の風味といいますか、持ち味といいますか、それを極度に高める働きを持つものです」

「しくみはどうなっているのですか」

「つまりです。これは舌の味覚に関する神経を敏感にする薬品なのです。これを使うことによって、食品の奥底にひそむ神秘とも微妙とも称すべき味を、感じとることが可能になったのです。この試作品はわりとすぐに出来ました。しかし、悪い味をさらに悪く感じるのでは困ります。よい味についてだけ敏感な作用を持つものでなければならない。そう改良するまでの苦心といったら……」

研究部長はとくいになり、それを一席やろうとした。列席者はとまどい、それを察した社長は研究部長を制した。

「それはあとにしよう。なによりも実際に味わってみることだ」

みなの前にコップが二つずつくばられた。一つには普通のオレンジ・ジュース、もう一つには調味料を加えたジュースがつがれた。飲みくらべてみると、差は明らかだった。しぼりたての天然のものより、さらに新鮮な味、芸術的な味がした。

つぎに社長は生産部長を指名した。

「大量生産計画の進展についての説明をたのむ」

「はい。工場を新設し、設備もそろいました。いかなる量産も可能です。さらに、わたしは原価を大はばに下げるべく……」

また苦心談の自賛になりかけ、社長は制して言った。

「というわけだ。この商品にラルルと名づけることにした。響きも悪くないだろう。また、この語を発音する時の舌の動きが、薬理作用をいっそう高めることにもなっている。さて、きょうの会議はこの販売と宣伝についてだ。営業部長、なにか意見はないか」

「はい。営業部としては、製品に自信を持ち、売って売って売りまくる決意です。そのために、ぜひ裏付けとなる充分な宣伝をお願いします」

社長はうなずいた。

「もちろん、社運をかけての大宣伝をやる。宣伝部長の案を聞くことにしよう」

宣伝部長は印刷物をくばって言った。

「わたしの意見としては、やはりテレビこそ最も効果的な方法と思います。大型カラーテレビが普及した現在、魅力的な番組を作製すれば、これにまさるものはありません。おくばりした企画書にあるように、夕方のゴールデンアワーの三十分を買い、婦人および子供をひきつけるバラエティ番組の作製を考えております」

社長は口を出した。

「男性や老人はどうなるのだ」

「予算さえあればやりたいと思っています。しかし、それは次の段階でと予定しております」

「それはいかん。画期的で価値のある製品なのだ。宣伝も一気に派手に、しらみつぶしにやらなければならない。予算のことは心配するな」

「そのお言葉で元気が出ました。放送時間を倍の一時間にすれば、なおよくなります。歌あり踊りあり音楽あり、それでいて心に訴えるヒューマンなムードをただよわせることができます。さらに……」

「さらになんだ」と社長。

「費用さえ許せば、それに加えて、スリルと笑いと活劇の面白さを盛り込むよう、構成を多彩にしてごらんにいれます」

「もっと金が使えたらどうする」

「出演者に各分野における、最高のタレント、スターをそろえ、演出者も作者も一流のを引っぱってきます」

「さらに金が使えたらどうする」

「週に一回など、けちなことをせず、連日にわたって放送します。毎晩、この時間になると人びとをテレビの画面の前に釘《くぎ》づけにし、その時間には外出する者がなく、通路をひっそりとさせてしまう自信があります」

「よし、それでいこう。みなも異議はないだろう」

社長は決断を下した。しかし、経理部長が心配そうに発言した。

「だれも異議はなく、けっこうなことだと思いますが、資金のほうは大丈夫なのでしようね」

「大丈夫だ。銀行はラルルにはいくらでも融資をすると言っている。また、ラルルのうわさで株価は上昇した。増資もできる。いくら金を使っても、全国民に知らせることができれば、安いともいえる。それでも製品さえ売れれば、回収はすぐにつき、おつりがくる。さあ、会社をあげて大宣伝のための番組にとりくむことにしよう」

列席者に異存はなく、会議は終った。

かくして、ラルル・ショー大作戦が開始された。宣伝部は各広告代理店を督励し、番組作製にとりかかった。大量の金が惜しげもなくばらまかれ、テレビ関係者のあいだにブームを巻きおこした。

一流の作者やスターは、すぐに役に立つ立たないにかかわらず、金を払って契約がなされた。この番組のためには、他に優先し万難を排して参加することを約束させたのだ。

新聞広告もなされた。だが、それは商品名よりも、近く開始されるラルル・ショーの予告のほうに重点が置かれた。なにしろ、人びとに番組を見せることだ。見はじめたら放送中は目を離させないことだ。そうすれば、あとは自然に視聴者の頭に印象づけることができる。

一方、生産はあげられ、商品の発送の準備もととのえられた。

〈いよいよ本日より、世紀のテレビ番組、ラルル・ショーが開始されます〉

こう朝刊に大きく出て、その日の夕方から番組は電波に乗って、全国くまなくおおいつくした。

それは予期以上のすばらしさだった。半信半疑でチャンネルを回した者も、なにげなく見はじめた者も、はじまったとたん目が離せなくなった。

夢のような音楽があったかと思うと、涙をさそい、それをスマートにしめくくって笑いに移る。どんな要素も含まれていた。ミュージカルとサーカスとファッションショーと、メロドラマとスリラーと活劇とギャグとを、調和のもとに統一したようなものだった。演出も変化に富み、アニメーションから外国から呼んだタレントまで、あらゆる人や物が登場した。

第一回目の視聴率は一〇%だったが、つぎの日は評判がひろまり、二〇%、そのつぎの日は三〇%と、高まる一方だった。話題は話題を呼ぶ。その時間に営業中の店や飲食店は、テレビを置かないと閑散としてしまう。だれもがテレビにかじりついていたが、その時間の犯罪も意外に少なかった。泥棒もテレビをながめているためらしい。

ふたたびK食品で会議が開かれた。宣伝部長はこの成績を報告した。

「というわけで、空前の評判です。こうなったら、やめられません。中止したり質を落したりしたら、抗議が殺到するでしょう」

「やめることはない。それだけの効果があれば、喜ぶべきことだ」

と社長が言い、みなも笑顔になった。社の大発展うたがいなしという表情だった。しかし、そのなかで営業部長だけが浮かぬ顔をしていた。だれかが話しかけた。

「どうしたんだ。営業部だけ、なぜ沈んでいる」

「沈みたくもなりますよ。まるで売れません」

「おいおい、変な冗談はよしてくれ」

「冗談なものですか。本当なんです。どの家庭でもテレビに夢中で、食事などそっちのけです。主婦はラルル・ショーを見るため、料理を急いでいいかげんに作っています。食べる連中も連中だ。味なんかどうでもいいのです。全神経をテレビ画面に集中していて、舌を少し敏感にしたぐらいではなにも感じないようです。ラルルがわずかしか売れないだけなら、まだがまんできますが、商売がたきのつまらん商品のほうが急激に売れているのです。冷蔵庫から出して温めるだけでいいという簡易ランチです。あの粗雑な味の……」

禁断の命令

静かな部屋のなかの、やわらかなベッドの上で、エヌ氏は寝息をたてていた。ここはアパートの六十二階の一室。彼は二十七歳。二〇六〇年における普通の独身サラリーマンだ。

防音設備のため室内は静かだった。自動調節の照明によって、眠っているあいだは適当に薄暗い。温度は四季を通じて一定に保たれ殺菌した新鮮な空気がゆっくりと循環している。

壁の時計が午前九時を示した。ベッドのそばのオルゴールが音をたてはじめた。いつもは八時に鳴るのだが、きょうは休日なので一時間おそいのだ。その音はしだいに大きくなり、エヌ氏を眠りからさました。

彼がベッドからおりると、ベッドは壁のなかに吸いこまれていった。敷布のたぐいは自動的に洗濯され、夜になるとふたたび出てくるのだ。

同時に、窓をおおっていた厚いカーテンがひとりでに開き、見なれたそとの景色があらわれた。ここは住宅地区、百階建てのアパートのビルが、整然と見わたす限りつづいている。その上の空へはつぎつぎと定期宇宙船が輝く矢のように飛び立ってゆく。

エヌ氏は軽くのびをしてから、自動洗顔器を使った。頭を入れると、温水、ひげ脱毛剤、温水、乾燥空気、ローションの順で噴出する装置だ。また、髪も整えてくれる。

彼は食器とスプーンを持ち、机についた。机にはボタンがいっぱいついている。

「けさはどれにするかな」

しばらく考え、彼はARC5というボタンを押した。銀色の小さな蛇口は、コップに液体をみたしてくれた。ちょっと甘く、すがすがしい味で、静かなかおりがする五度の温度の飲み物だ。

エヌ氏はこれがなんでできているかを知らない。知っているのは、工場で合成された食料であり、そこから各室にパイプで送られてきているということぐらいだ。

彼のみならず、だれしもこの程度の常識しか持っていない。ボタンの押し方を変えれば、各種の味や形のものが出てきて、いちおう満足させてくれるからだ。満足感があれば、それ以上に調べてみようとの気持ちは起らないものだ。

エヌ氏はつぎに、BSQ35というボタンを押した。緑色をした塩味の、ゼリー状の食品が皿の上に盛られた。栄養のある食品だ。彼はスプーンでそれを口に運んだ。

「きょうは、なにをして過すとするかな」

エヌ氏はつぶやいた。ガールフレンドの部屋を訪問しようか。それとも、ゲームセンターへでも出かけるか。そんなことを考えていると、ドアでベルが鳴った。だれかが訪れてきたらしい。

「どなたですか」

インターフォンで聞くと、来訪者の声が、かえってきた。

「となりの部屋のリイ博士です。よろしかったら、ちょっとお話が……」

リイ博士とは考古学の研究をしている、八十歳の学者だった。

「どうぞ。いまあけます」

エヌ氏は手ばやく食器を片づけ、服を着かえてドアをあけた。博士は恐縮しながらあいさつをした。

「どうも、突然おじゃまして……」

「いや、この休日をどう過そうかと思っていたところですよ。で、お話とは……」

「お話というより、お願いです。じつは、三日ほど人間ドックに入り、からだの調子をととのえるつもりです。その留守中、ある品物をあずかっていただけないかと……。ちょっと大切な品なので、めったな人にはあずけられないのです。しかし、あなたはまじめそうだし、おたのみしても大丈夫と考えましたので……」

「信用していただいて、ありがとうございます。品物とはなんですか」

「ロボットです」

「そんなものをお持ちとは知りませんでした。日常の生活では必要ないでしょう」

エヌ氏はふしぎがった。ボタンを押せばたいていのことが片づく部屋に住んでいれば、そんなものはいらないはずだ。リイ博士はその説明をした。

「研究の助手として使っているのです。とくに政府に申請し、みとめられたものです。記憶力はいいし力仕事はやってくれるし、わたしのような老人には役に立ちます」

「そうでしたか。おあずかりしましょう。お安いご用です。連れていらっしゃい」

「これは助かりました。お願いします」

リイ博士は部屋にもどり、ロボットを連れてきた。銀色の金属製で、ぎこちない歩き方をしていた。エヌ氏は博士に聞いた。

「これをどんなふうに役立たせているのですか」

「馬力は相当にあるのですが、力仕事としては古墳の発掘ぐらいです。ありがたいのは記憶力のいい点です。わたしの研究の専門は、むかしの料理についてですが、わたしが今までに調べたあらゆることを記憶していてくれます。あれはどうだったかと聞くと、すぐに答えてくれるわけです」

「話しかけても大丈夫ですか」

「もちろん、大丈夫です。古い料理に関することなら、たいてい答えてくれます。あなたのような若い方はあまり興味もないでしょうが、お知りになりたいことがあったら、使ってへるものではありませんから、なんでも質問してかまいませんよ。ただし、ひとつだけ注意してください」

「どんな点でしょうか」

「命令しないことです。そのことが心配で、めったな人にはあずけられないのです。この点は、ぜひ守ってください」

エヌ氏は信用された手前、約束しないわけにいかなかった。

「ええ、守ることを誓いましょう」

「では、よろしく」

リイ博士は帰っていった。エヌ氏はしばらくロボットを眺めていた。戸棚にでもしまっておけばいいだろう。考古学などに、べつに関心もない。

しかし、この日は退屈でもあったので、彼はためしに声をかけてみた。

「おまえはむかしの料理にくわしいのか」

「はい。たくさん知っております」

ロボットは抑揚のない声で答えた。

「むかしの人は、どんなものを食べていたのだ」

「ご質問の意味が広すぎます」

「なるほど、そうか。まあ、なんでもいいから、料理の名をひとつあげてみてくれ」

「はい。おでんという料理がありました」

「それはどんな食べ物だ」

「はい。材料としては、ダイコン、ジャガイモ、チクワ、ガンモドキ……」

ロボットは正確な発音で並べたてた。だがエヌ氏には一つも意味がわからなかった。聞いたことのない名前ばかりだ。

「ダイコンとかいうのは、どんなものだ」

「はい。植物で、学名はラファナス・サティブス。アブラナ科の越年性の草で……」

またも、わけがわからなかった。こんな調子で聞いていたのでは、少しも要領をえない。

エヌ氏は質問の形を変えてみた。

「どんな人が食べたのだ」

「はい。いろいろな人が食べました。一般の家庭でも食べましたし、この専門の店があり、男の人は会社の帰りなどに寄り、お酒を飲みながら、おしゃべりをし、楽しく……」

こんどは少しわかった。大衆的でなごやかなムードを持つ食べ物だったらしい。エヌ氏は考えた。自分も百年ほど前に生活していたら、会社の帰りにその、おでんとやらを食べたのだろうな、と。

エヌ氏は好奇心がわいてきた。しかし、味というものは、いくらくわしく解説されても実感にはならない。作らせてみたい気もした。といって、命令することはリイ博士からかたく禁止されている。だが、聞くだけならかまわないだろう。

「おまえに作れるか」

「はい。作れないことはありません」

ロボットの答えで、エヌ氏は考えた。作れるというのに、なぜ命じてはいけないのだろう。やがて、こう想像した。おそらく、リイ博士はその楽しみを自分だけで独占し、他人に味わわせたくないのだろう。老人には時たま、いじわるな人がいるものだ。

エヌ氏はおでんにあこがれ、命令してみようと決心した。ロボットはその原則上、人間に危害を及ぼすことはない。だから、その点での心配はなかった。それに、爆薬のたぐいではなく、たかが料理ではないか。

「では、おでんを作ってくれ」

「はい。お作りいたします」

ロボットは動きはじめた。エヌ氏は、食事用のボタンをいろいろに押し、それをもとに作るのだろうと思って見まもっていた。

だが、それには目もくれず、ロボットは部屋から出ていった。エヌ氏はあわててあとを追った。見失ったら責任問題だ。

あとをつけると、ロボットはビルの地下室へ行った。そして、コンクリートの床をこわしはじめたのだ。エヌ氏は驚いた。

「なにをはじめるのだ」

「はい。おでんをこしらえるのです」

「なんだかしらないが、もういいよ」

「はい。ご命令をはたしたらやめます」

「だが、なぜこんなことをするのだ」

「おでんを作るには、まず材料をそろえなくてはなりません。第一にダイコンです。これは今ではどこにも売っていないので、育てなくてはなりません。育てるには土が必要です。それを地下から取り出そうというわけです」

エヌ氏は身ぶるいした。おでんとやらには、いろいろな材料を使うとかいっていた。チクワとか、ガンモドキとか、なにからどう作るものか知らないが、この調子だと、恐るべきことになりそうだとは想像することができた。

疑惑

一般の人とくらべ、エヌ氏にはちょっと異っている点が二つあった。一つは職業、霊媒というのが彼の商売だった。なぜ、こんな妙なものになれたのか。生まれつきの素質によるのかもしれなかったし、あるいは海外旅行の時に手に入れた薬草のせいなのかもしれなかった。おそらく、その両方の相互作用のためであろう。いずれにせよ、実績はある程度の効果のあることを示している。

その能力は偶然のことから表面化した。ある日、友人がエヌ氏にむかって、こんな愚痴をこぼしたのがはじまりだった。

「じつは、このところ、ある問題で弱りきっているのだ」

「まあ、話だけでもしてみたらどうだ。ぼくにできることなら、力をかそう」

「知っての通り、このあいだ父が死んだ。まあ、このことはとしもとしだったし、あきらめもつく。しかし、重要書類のしまい場所を、存命中に聞いておかなかったのだ。どこを探しても見つからない。それで困っているんだ。といって、こんな話では、きみに打ちあけてもしようがないことだろうな」

「ああ、家族が探してわからないのなら、他人であるぼくがやってみても……」

「そうだろうな。どうやら、あきらめる以外にないようだな」

「いや、まてよ……」

エヌ氏はここで、しまっておいた薬草のことを思い出した。死者との交信能力を助長するという効能に好奇心を持ち、半信半疑で買い、そのままになっていたものだ。それを試みることにしよう。だめでも、もともと。うまくいけば、それに越したことはない。また、座興としても面白いではないか。

使用法はこうだった。その薬草の汁を服用し、故人を思い出して精神統一をするだけでいい。直接に面識のなかった人物の場合は、髪の毛か爪《つめ》、またはその人が身につけていた品を手に握り、同様に精神をこらせばいい。そのうち意識が薄れはじめるが、同時にその空白に故人の霊が乗り移り、質問者に答えるというのだ。

そうむずかしいことではなさそうだ。エヌ氏はその通りにやってみた。一時的に気を失い、やがて彼は意識をとりもどし、友人に聞いた。

「どうだった。なにか役に立つような収穫はあったか。こっちはなにひとつ覚えていないが」

「気のせいかもしれないが、死んだ父の声にそっくりだったぞ。ふしぎがりながら質問すると、ある場所を教えてくれた。もちろん、それが適中しているかどうかは、調べてみてからでないとわからないが……」

友人は最後の期待に目を輝かせて帰っていった。そして翌日、うれしそうな顔で報告に来た。指示された場所で書類が発見できたというのだ。それは貸し金の証書であり、おかげでうやむやにならなくてすんだ。友人は多額の謝礼を出し、そのうえ新しい客を紹介してよこした。

客が存在するとなると、商売が成立する。しかも、その人数はしだいにふえた。エヌ氏は会社をやめ、このほうを本業として専心することにした。

霊媒としての働きをしたあとはいくらかの疲労を覚え、必ずしも楽とはいえなかった。また、なにを聞かれどう答えたのか、記憶に残らぬことは物たりない気分だった。だが、前者はかなりの礼金がもらえることでおぎないがつき、後者は責任が軽くなることでおぎないがついた。適中しなくてもそれは霊の責任であり、霊媒の責任でないとの言いわけが使える。

実際に、どの程度の適中率を示しているのかは不明だった。しかし、多くの客は満足した。いや、熱狂的に感激し、さらに大ぜいの新しい客を呼んでくれる。かくして、営業は降盛の一途をたどった。

系図の欠けた部分を埋めてあげたり、伝来の家宝の真偽をたしかめるのに役立ったり、感謝されながらもうかるという、悪くない商売だった。

さて、エヌ氏においてもう一つ他と異っている点は、その家庭にあった。妻との感情が、どうもしっくりいっていなかったのだ。もっとも、こういった例は、世の中には少なくないかもしれないが。

エヌ氏は順調な商売で得た金の力を利用し、きわめて美しい女性と結婚できた。彼は時どき妻にこう話しかける。

「おい、本当におれを好きでいっしょになったのだろうな」

こういった結婚のつねとして、彼には勝利感とともに疑念があった。この美貌《びぼう》の妻は自分の金と結婚したのではないだろうか。自分そのものをそう愛していないのではないか。こう思うせいか、妻の態度がよそよそしく感じられてならないのだ。

「あら、もちろんあなたを愛しているわ」

いつもこの答えがかえってくる。しかし、エヌ氏は完全にはなっとくしない。やっかいな悲劇がつきまとっていたからだ。この結婚にともない、彼女の前の婚約者は破談ということになった。これだけならまだしも、その男はやがて不慮の死をとげた。

事故死ではあったが、あっさり無視できない気分だ。エヌ氏はさらに聞いてみる。

「心の底では、死んだあの男の面影を追っているのじゃないのか」

「そんなことはないわよ」

こう答えられれば、それで終り。たしかめる方法がないのだ。霊媒となっても、彼女の心まで読むことはできない。妻が死ねばなんとか手のつけようもあるだろうが、エヌ氏はそんなことは期待していなかった。彼は妻を愛していた。彼女には生きていてもらいたいのだ。自分への愛情だけを抱いて生きていてもらいたい。それなのに、その確認のできないことが、彼にはもどかしかった。彼は質問をつづける。

「婚約者だったあの男の死を、失恋のあげくの自殺だと思って、それを気にしているのだろう」

「そんなことはないわ」

否定はするのだが、その口調にはあいまいな響きがある。彼女がそう信じている可能性は大いにある。女性にとって、自分を思って死んだ男性があるということは、刺激的でこころよい追憶なのだ。容易に手ばなす気にはなれないだろう。

エヌ氏は彼女の心をどうにもできないことが、くやしくてならなかった。常人にはない能力を持っているのに、それができないのだ。できることといえば、ごく常識的で平凡な方法しかない。彼は集めた資料をもとに、あの男の死がただの事故であったと説得した。

「これでわかったろう。いいかげんで、あの男のことは忘れてしまってくれ」

「ええ……」

たよりない口調だった。女の心を動かすことは、かくのごとくむずかしい。

「目撃者たちの話から、このとおり、たしかに事故だったのだ。そう断言できる」

「でも……」

「でも、なんなのだ」

「本当にそうだったとは、だれにも断言はできないんじゃないかしら。あたしだって、そう信じたいんだけど……」

と彼女は本心を少しのぞかせた。あたしを失った悲しみに呆然《ぼうぜん》とし、そのための不注意だったと言いたいらしい。原因は失恋にあると思いたいらしい。ロマンチックな夢からさめたがらないのだ。

エヌ氏はてこずり、名案はないものかと苦しんだ。しかし、この時とつぜん、ある考えがひらめいた。

「そうだ、真相を確認する方法があったぞ。なぜもっと早く思いつかなかったのだろう、いいか、これからおれが霊媒状態になって、あの男の霊を乗り移らせる。きみの口から心ゆくまで、直接に聞いてみるんだ」

「いやよ、そんなこと……」

妻は乗り気でなかったが、エヌ氏はあとへ引こうとしなかった。これによって、ことははっきりする。あの男の霊は、事故死であったことを告げてくれるだろう。悲しみのあげくの呆然によるものだったとしても、いまさら彼女を苦しめるような答えはしないだろう。また、好ましくない答えがなされたとしても、それはそれでいい。その場合は離婚なりなんなり、彼女を自由にさせてやればいいのだ。

いずれにせよ解決は得られ、事態はすっきりしたものになる。ためらうことは許されない。

「だめだ。しりごみしてはいかん。これは絶対にやらねばならぬことだ。このままでは、もやもやした気分が永久につづくばかりだ」

エヌ氏は言い渡し、さっそく実行にとりかかった。薬草を服用し、その男のことを念じた。生前に会ったことがあり、遺品のたぐいは必要としなかった。やがて、精神の集中をつづけるうち、その男の霊が乗り移り、エヌ氏の意識は薄れていった……。

……エヌ氏は意識をとりもどした。いつもより一段と強く精神を集中したせいか、疲労の度も激しく感じた。しかし、いまの彼にとっては、そんなことよりも結果のほうが気になった。

「おい、どうだった」

エヌ氏はこう聞きながら、じっと妻の顔を見つめた。

「やってみてよかったわ」

妻の答えはばくぜんとした文句だったが、表情にも声にも満足感があらわれていた。これまでの夢に酔ったような表情が消え、現実的なものがあった。その変化をみとめ、エヌ氏はほっとした。試みは成功したようだ。おれに宿ったあの男の霊は、いい答えをしてくれたらしい。やってみたかいがあったというものだ。

エヌ氏の気分は快晴となった。しかし、やがてそれは、ふたたび曇りはじめた。それどころか、以前にもまして濃い雲が出現した。しかも、解決しようのない疑惑なのだった。それは、月日とともにひどくなる。

彼の妻が妊娠したためだ。普通ならめでたく好ましいことなのだが、それとなく調べてみると受胎の日があの試みの日をさしている。そうとしたら、それはだれの子なのだ……。

解放の時代

覚醒《かくせい》させる薬を含んだ霧が鼻のあたりにただよってきて、おれは目をさました。朝だ、だが天井にとりつけられている日付入りの時計を見あげて、しまったと思った。

きょうはおそ番の日だった。出勤は午後からでいいのだ。ついうっかりし、昨夜ねる前にめざまし装置をそう調整し忘れたのだ。そのため、装置はばか正直に作用し、覚醒させる薬を放出し、おれをすっかり目ざめさせた。

損をしたような気分で、面白くなかった。目をつぶったところで、ねむけが戻ってくるわけでもない。そばでは女房が眠っている。おれは女房とセックスをした。

セックスをやり終り、おれはシャワーをあび、ひげをそった。まだ、なんとなく面白くない。シャワーのそばにはセックス装置がついている。おれはそれを使ってセックスをした。

朝食の席で、女房がおれに話しかけた。

「ねえ、あなた……」

なにか文句を言い出しそうな口ぶりだ。いやな予感がしたが、黙っているわけにもいかない。

「ああ……」

「あなた、そろそろ昇給してもいいんじゃないの。あたし子供がうみたいのよ。でも、昇給しないとその余裕もないわ」

はたして、おれにはっぱをかける言葉だった。それは、おれも子供はほしい。だが、昇給となると簡単ではないのだ。

「ああ……」

「ああじゃないわよ。なんとかしなさいよ。きょうは早く起きたのだから、所長さんの家へ出かけて、ごきげんうかがいでもしてきたらどう」

おれのつとめ先は、宇宙空港の税関。所長さんとは税関長のことだ。上役のごきげんとりなど、あまり気が進まないが、女房の主張にはさからえない。

おれは所長の宅を訪問することにした。家を出がけに、女房とセックスをした。

家を出てバスの乗り場へ急ぐ途中、急いでいたため、道のかどで老婦人とぶつかってしまった。おれはあやまった。

「これはとんだ失礼を……」

「いいえ、あたしも不注意でしたわ」

あやまっているうちに、おれたちは道ばたでセックスすることになった。

そのため、バスを一台みのがしてしまった。待っているあいだに、通りがかった女の子とセックスをした。

やっと来たバスへ乗ってすわると、よくいっしょになる顔みしりの男がとなりだった。電子関係の役所につとめているそうだ。おれはちょっとあいさつをした。

「お元気ですか」

「ええ。しかし、つとめ人という商売は、単調な毎日ですなあ……」

おれも同感だった。おれたちはつとめ人の悲哀について話しあい、ついでにセックスをした。

「あ、きょうはここでおりなければなりませんので。また……」

おれはセックスを中断し、バスをおりた。

所長の家はちょっとした庭があり、芝生となっている。垣根にはバラの花が咲いている。門を入ると、奥さんがバラに水をやっていた。彼女はおれを見て言った。

「あら、いらっしゃい……」

「所長はおいでですか。散歩がてらに通りかかったので、お寄りしたのです」

「おりますわ。いまどこかへ電話していますが、すぐすむでしょう」

「はい。奥さまもあいかわらずおきれいですな」

おれはあまりおせじがうまくない。だが、なんとかしてこれだけ言った。そして、セックスをした。

しばらくやっていると、所長が犬を連れて出てきた。おれは奥さんとのセックスをやめて、所長に言った。

「所長の犬は、なんともいえないかわいらしさですね」

ひとのごきげんをとるには、まずペットをほめるのがいいそうだ。おれは犬に近より、背中をなで、ついでにセックスをした。奥さんはそばで、少しいやな表情になった。あたしよりペットのほうが大切という、亭主の趣味を助長するようなものだからだろう。

だが、所長のほうは、ペットをほめられ、手放しの喜びようだった。

「きみはなかなか犬にくわしいようだね」

「はあ、それほどでもありませんが……」

おれは笑顔で所長のそばへ寄り、セックスをした。所長は満足げに言った。

「きみはみどころがある」

「はあ、ありがとうございます」

「どうだろう。じつは用事をたのまれてもらいたいのだが。私的なことで気の毒だが」

「いえいえ、なんでもいたします」

「きょうは宇宙スポーツ協会の名誉会長の告別式なのだ。だが、私はいまの電話で急用ができてしまった。きみは代理として、出勤前にそこへ寄ってくれないか」

所長はおれに、名刺と香奠《こうでん》をあずけた。おれを信用してくれている証拠だ。おれは来たかいがあったと、うれしくなった。感激をあらわすため、おれはまた犬とセックスをし、奥さんともセックスをした。

所長の家から出たおれは、足も軽く道を歩いた。これなら近いうちに、昇給しそうだ。そこで思いつき、受胎センターへ寄った。

受付けの女の子とセックスをし、係の中年の男とセックスをした。おれはそれから住所と氏名をつげ、料金を払った。戸籍の確認がなされ、照合がすむと、アンドロイドが出てきた。おれはアンドロイドとセックスをした。このアンドロイドは、あとでおれの家を訪れ、女房とセックスをしてくれるのだ。これで受胎がなされるわけで、それ以外の方法では子供を作れない。

アンドロイドの電子頭脳は正確で、相手の指紋を照合し、正式な夫婦以外のために働くことはない。もっとも、そうでなかったら社会が大混乱におちいってしまう。

また、アンドロイドの内部には精巧な装置があり、遺伝因子をくわしく調べ、最もすぐれたのをえらんでくれる。そのため、セックスに強い子孫ができるのだそうだ。

センターを出たおれは、所長の命令をはたすべく、霊堂へ行った。大物の告別式だけにけっこう長い列ができていた。おれはそのあとについた。順番を待つあいだ、前にいた男の子とセックスをし、つぎにうしろにいた中年の女とセックスをした。

やっと順番がきた。死者は花のなかに横たわっている。おれは所長の名刺と香奠をそなえ、死者とセックスをした。ていねいにやるとあとの人を待たせることになるので、簡単に儀礼的にすませた。

霊前をはなれて帰りかけると、列のなかに伯父のいるのをみつけた。

「あ、おじさん。ごぶさたしてます」

「元気かね。仕事のほうはどうだ」

「はい。きょうは所長の代理です」

おれは、伯母さんによろしく、と言いながらセックスをした。

さて、つとめ先へ行こうかと時計を見たが、まだ少し早い。おれは動物園で時間をつぶそうかと思い、入場料を払って入った。

おれは五種類ぐらいの動物とセックスをした。それから木かげのベンチで少し休む。そばには、きれいで魅力的な花が咲いていた。立札の説明によると、品種改良でできた新しい花だそうだ。おれはその花とセックスをした。ちょっと面白い感じだった。

それからおれは、つとめ先である宇宙空港の税関に出勤した。タイム・レコードを押す。まず、空港を一巡する。怪しげな人物がいないかと見てまわるのだ。

おれは空港が好きだ。だからこそ、この職をえらんだのだ。空港には別離や再会など、人生の哀歓がうずまいている。祖父と孫の男の子が、別れをおしみながらセックスをしている。そうかと思うと、ぶじに帰ってきた姉を迎えて、妹がセックスをしている。どこかの宇宙基地への栄転を祝って、大ぜいがとりまいてセックスしているのもある。いずれも、こまやかな情愛のわきあがる光景だ。

しかし、そんなのに気をとられていてはいけない。おれは目を光らせたが、密輸関係者らしい者もいない。と、うしろから肩をたたかれた。

「よお、元気にやっとるかね」

ふりむくと、顔みしりの政治家だった。あまり感じのいい相手ではない。彼はいかにも親しげに、おれとセックスしながら言った。

「なあ、たのみがあるんだが……」

どうせ、税関で手心を加えてほしいとかいう話だろう。そんなのに耳を貸したら、せっかくの所長の信頼を裏切ることになる。おれははっきりことわった。

轟音《ごうおん》がきこえ、空から大型の宇宙船がおりてくる。あの乗客の検査はおれの受持ちだ。そろそろ職場に戻らねばならない。

税関で待ちかまえていると、検疫《けんえき》のすんだ乗客たちが、つぎつぎとやってくる。おれはカバンを開けさせ、つぎつぎにチェックしていった。

「ご旅行はいかがでしたか。楽しい旅でございましたか」

と、時どきおあいそを言った。やっと帰りついた興奮で、おれとセックスをやりたがるお客も多い。十人ほどとやったろうか。そのうち、若い女の客がやってきた。カバンのなかにも宝石や植物の種子といった禁制品はべつにない。

「はい、けっこうです」

と言いながら、おれはそれまでのくせで、なにげなくセックスをした。その時、おれの職業的直感にぴんとくるものがあった。

「ちょっと、別室のほうへ……」

調べるとマイクロフィルムのようなものがでてきた。拡大してみると、はたして禁断の書だった。巧妙だ。こういうあからさまなところにかくして、税関の盲点をつこうとするとは。おれももう少しで見のがすところだった。

「ねえなんとか見のがしてちょうだい」

「だめです。規則は規則です」

「あたし、学術的な資料として買ってきたのよ。ね、お願い……」

女は泣きついてきたが、許すことはできない。職務を怠ったりしたら、昇給や昇進にさしつかえる。おれはマイクロフィルムを押収し、女をいちおう釈放した。逃亡のおそれがないからだ。それから、上司への報告書を作った。

禁制品の第六条にひっかかる。セックスに反対し、あるいはばかにし、恥ずべき行為と呼び、あるいはくだらぬ行為と主張し、その他良風美俗を乱すおそれのある文書。これに相当するのだ。

書類を作成しながら、自分のやっていることが、なんだか疑問に思えてきた。セックスが虚礼のように思えてきたのだ。なんのために、こうもセックスをしなければならぬのか。無意味だ。しかし、無意味な行為こそ良風美俗で、それが多いほど文化が高いというべきなのだろう。なにしろ、これを取締るのがおれの仕事なのだ。

これからは、もっと検査を厳重にしなければならない。宇宙旅行で地球とかいう星へ立ち寄った客は、たいていこの種の書物を買って帰る。パスポートでよりわけ、その客は特別に調べるようにすべきかもしれない。おれは報告書に書き加えた。

それにしても、地球という星は手数をかけやがる。外見上はおれたちと大差ない住民だという。だからこそ、風俗のちがいが一層ひっかかるのだ。あんな星は旅行禁止にしてしまえばいいのだ。

報告書の最後に、おれは書いた。さっきの女客は重罪にすることはない、精神の強制治療だけでいいだろうと。

解説

新井素子

あれは、私が中学校一年の夏休みだったと思う。

夏休みの国語の宿題で、こんなものが出たのだ。『夏休み中に、三冊以上本を読むこと』。

そんでもって、カードが配られた。読んだ本の、書名・著者名・出版社名・コメントを記す欄だけがあるカード。欄のスペースは狭くて、コメントは、それこそ、「面白かった」「感動した」程度のことしか、書かなくていい感じ。そして、この年の、国語の宿題は、これで全部。

いやあ、素晴らしい夏休みの宿題だった。あくまで自己申告制だったから、実際に読んでいない本を書いたってばれない。その宿題をだした先生が、生徒のことを無条件で信頼していた……とは、とても、思えないから、「まあ、やりたい奴《やつ》はやるように」って意図がみえみえで、そこがとっても素晴らしい。そしてその上、たとえ一冊でも、読書感想文を書かそうとしない処《ところ》が、心から素敵。(子供を読書嫌いにする一番簡単な方法は、無理矢理読書感想文を書かせることだと思う。)

そんでまあ。夏休みが終って、最初の国語の時間。私は、みんなのこの宿題を、回収して先生の処に届けることになった。

回収ついでに、私は、みんなのカードを何となく見る。この夏休み、みんなどんな本を読んでいたのかなって。

するっていうと、その時、圧倒的に多かったのが『書名・ボッコちゃん　著者名・星新一』って奴だったのだ。ついで、『書名・ようこそ地球さん　著者名・星新一』。

(今、この原稿を書く為《ため》に、星さんの年譜を改めて見たら、ちょうど、この前年に『ボッコちゃん』が、この年に『ようこそ地球さん』が、新潮文庫にはいった処だった。つまり、廉価版として、星さんの本が非常に買いやすくなった年だったのだ。)

おお、みんな、星新一読んでる。

回収しながら、生意気ざかりの中一の私は、何か、ちょっと、鼻が高い。何たって、本読むしか趣味がない私は、その時点ででていた星さんの本、あらかた読んでいる自信があるもん。(父がSFとミステリのマニアだったので、私の実家には、異常にこの関係の蔵書があった。)

ところが。回収しているカードには、やがて、謎《なぞ》のものが混じるようになる。一冊目が『ボッコちゃん・星新一』って人の、二冊目、三冊目に……。『書名・おーい　でてこーい　著者名・星新一　出版社名・新潮社』『書名・なんとかかんとか　著者名・星新一　出版社名・新潮社』『書名・かんとかかんとか　著者名・星新一』。

……私は、瞬時、混乱した。

『おーい　でてこーい』。いや、確かに、それは読んだ。星新一のお話だ。けど……新潮社からそのタイトルの本って、でてた？　いや、ちょっと待て、これって『ボッコちゃん』の……。

結論から言えば、そんな本は、ないのである。なんとかかんとかも、かんとかかかんとかも、勿論《もちろん》、ないのである。これ、みんな、『ボッコちゃん』の収録作品。

つまり、宿題として三冊本を読まなければいけなかったんだけれど、一冊読んだ処で夏休みが終ってしまった連中が、嘘《うそ》を書くのはしのびなく……本当に読んだ一冊、『ボッコちゃん』の中の好きな作品のタイトルを書いたっていうのが、正解。まあ、同時多発的にそんなこと思いつく人間が複数でてきたとは思いにくいから、誰かが、この、すんごい宿題解決法を思いつき、それが伝播《でんぱ》したんだろうなあ。

そんでもって。先生は、そんなの、一目見た瞬間に、見破ってしまった……んだろうと、思う。にやにや笑っていたから。でも、先生は、それについて何も言わなかった。

☆

私が中学一年生だった頃――一九七二年――、当時の、中学生の間では、星新一は、ブームだった。夏休みに本を三冊読めって言われたら、一冊は、星新一であるって程度に。

七二年の場合は、私の実体験っていう、私にとっての証拠があるから、こう断言できる。けれど……断言はできないけれど、これ以降も、この傾向は、続いたんじゃないかと思う。

何故って。生意気ざかりの中学生が、初めての文庫本に手をだそうっていう時、星新一程ふさわしい作家って、多分、他に、いないから。

(あ、今はね、ちょっと、話が違う。ライトノベルって言われる、それこそ小学生から愛読できる文庫が、結構あるから。当時は、そういうのが、なかったのだ。子供向けの本から、いきなり一般の大人と同じ文庫まで、当時の中学生はジャンプしなきゃいけなかったのよ。)

☆

星さんの本は、なにしろ、非常に、読みやすい。(何せ、『書名・おーいでてこーい』なんてものが発生しちゃうんだもの。これって、普段まったく本を読まない、この宿題に心底げんなりするタイプの子でも、少なくとも星さんの本なら一冊は読めたってことだと思う。)文章が非常に平明で、しかも、ショートショートという作品の性質上、一作が非常に短い。うん、大変判《わか》りやすい文章で書かれた短い作品、中学生にとって、こんなにありがたい本はないぞ。

と、こんな視点で、当時星新一が中学生の間でブームになったって思ったら、それは、半分以上、間違っている。

何せ、この場合、問題にしているのは中学生である。生意気なんである。大人に莫《ば》迦《か》にされたくないんである。〝判りやすく〟て〝短く〟て〝楽に読める〟ってだけの理由で、中学生の間にブームなんかおきるもんか。

星さんの本は、それと同時に、〝深かった〟。変にひねった文章で、何言っているんだかすっごく判りづらい奴よりも、なんかずっと〝深い〟ものがあるような気がしたし、大体、まず、何はさておき。

面白かったんだ。

一番いい本っていうのは、間違いなく、〝面白い〟本だ。

その本が、面白いだけではなく、同時に、読みやすくって、そしてその上〝深かった〟ら、これでブームにならない訳がない。

（面白いんだけれど、とっても読みにくい――というか、時々何書いてあるのか判らなくなる――本っていうのは、結構、ある。面白いけれど、読むのが辛《つら》い、読むのに体力がいる本っていうのも、まあよくある。面白くて読みやすいけれど〝深み〟を感じない本っていうのも、沢山ある。そんで勿論、つまんなくて、読みにくい本だって、これはもう、山のようにあるんだ。それを考えれば、面白くって、読みやすくって、深みがある本が存在することの、何と奇跡的であることか。）

☆

子供がちょっと背伸びして初めて手を出す大人の本。

このポジションに、星さんの本ほど見事にはまる本ってなかなかない。……でも、これ、考えようによっては、ちょっと寂しいし、とっても勿体《もったい》ない。

本っていうのは、大抵、一回読むと満足するよね。勿論、何回も何回も読みかえす、〝自分にとっての特別な本〟を持っている人はいっぱいいるだろうけれど、大抵の本は、一回読むと、もう読んだことになっちゃう。そんで、中学生くらいで、結構な数の人が、まず、星新一を読んじゃう。

子供の頃に星さんの本を読めたのは幸せだったんだけれど、それで満足しちゃって、そのあと、星新一を読み返さないのは、すんごく勿体ない。

前にも書いたけれど、星さんのお話の中には、何かとっても〝深い〟ものがある。勿論、子供の頃読んだって、それで充分面白いんだけれど、大人になってから、あるいは、中年になってから読んで、初めて、隠された面白さが判るようなものが。（と、中年の私は、そう思う。これが初老になったら、きっと、初老になって初めて判る面白さ、完全な老人になったら、この年になるまで判らなかった面白さが、でてくるんだろうな。）

しかもまた、星さんの本は、御本人が徹底して風俗描写を避けた為に（また、内容もあいまって）、見事な程古くならないのである。一九六〇年代に書かれたものか、一九九〇年代に書かれたものか、内容だけでは、まず見分けがつかない。一九九七年に星さんがおなくなりになったっていうことを知らなければ、「これは去年の作品だよ」

って言われたって、違和感覚えないかも知れない。

「中学生の頃、星新一には、はまったなー」なんて思っている、三十代四十代の方、この本を手にとったのをきっかけに、是非、御自宅の本棚の星新一を読み返してみてください。間違いなく、新しい楽しみ方ができると思います。

あるいは。

「ライトノベルじゃない文庫ってこれが初めて」っていう小学生や中学生の人、この本を手にとったのをきっかけに、是非、本屋さんの星新一の棚をあさってみてください。ああ、これから読める星新一の新作がいっぱいあるって状態、ほんっとおに、羨《うらや》ましいなあ。

だって、星さんの本は。

何はさておき、面白いんだから。


（平成十七年七月、作家）

本書は平成十二年三月出版芸術社より刊行された『気まぐれスターダスト』から「天国からの道」「禁断の実験」「友情」「ある声」「悪夢」「けがれなき新世界」「平穏」「つまらぬ現実」「原因不明」「ぼくらの時代」「火星航路」「Q星人来る」「珍しい客」「狐のためいき」「担当員」を収録、平成十年新潮社より刊行された『星新一ショートショート1001』から「文庫未収録ショートショート」(「収穫」「壺」「大宣伝」「禁断の命令」「疑惑」「解放の時代」)を収録しました。

星新一著 ボッコちゃん

ユニークな発想、スマートなユーモア、シャープな諷刺にあふれる小宇宙！ 日本ＳＦのパイオニアの自選ショート・ショート50編。

星新一著 ようこそ地球さん

人類の未来に待ちぶせる悲喜劇を、卓抜な着想で描いたショート・ショート42編。現代メカニズムの清涼剤ともいうべき大人の寓話。

星新一著 気まぐれ指数

ビックリ箱作りのアイディアマン、黒田一郎の企てた奇想天外な完全犯罪とは？ 傑出したギャグと警句をもりこんだ長編コメディー。

星新一著 ほら男爵現代の冒険

〝ほら男爵〟の異名を祖先にもつミュンヒハウゼン男爵の冒険。懐かしい童話の世界に、現代人の夢と願望を託した楽しい現代の寓話。

星新一著 ボンボンと悪夢

ふしぎな魔力をもった椅子……。平和な地球に出現した黄金色の物体……。宇宙に、未来に、現代に描かれるショート・ショート36編。

星新一著 悪魔のいる天国

ふとした気まぐれで人間を残酷な運命に突きおとす〝悪魔〟の存在を、卓抜なアイディアと透明な文体で描き出すショート・ショート集。

星新一著　妄想銀行

人間の妄想を取り扱うエフ博士の妄想銀行は大繁盛！　しかし博士は、彼を思う女からとった妄想を、自分の愛する女性にと……32編。

星新一著　ブランコのむこうで

ある日学校の帰り道、もうひとりのぼくに会った。鏡のむこうから出てきたようなぼくとそっくりの顔！　少年の愉快で不思議な冒険。

星新一著　人民は弱し　官吏は強し

明治末、合理精神を学んでアメリカから帰った星一（はじめ）は製薬会社を興した——官僚組織と闘い敗れた父の姿を愛情こめて描く。

星新一著　おせっかいな神々

神さまはおせっかい！　金もうけの夢を叶えてくれた〝笑い顔の神〟の正体は？　スマートなユーモアあふれるショート・ショート集。

星新一著　ひとにぎりの未来

脳波を調べ、食べたい料理を作る自動調理機、眠っている間に会社に着く人間用コンテナなど、未来社会をのぞくショート・ショート集。

星新一著　だれかさんの悪夢

ああもしたい、こうもしたい。はてしなく広がる人間の夢だが……。欲望多き人間たちをユーモラスに描く傑作ショート・ショート集。

星新一著　未来いそっぷ

時代が変れば、話も変る！　語りつがれてきた寓話も、星新一の手にかかるとこんなお話に……。楽しい笑いで別世界へ案内する33編。

星新一著　さまざまな迷路

迷路のように入り組んだ人間生活のさまざまな世界を32のチャンネルに写し出し、文明社会を痛撃する傑作ショート・ショート。

星新一著　かぼちゃの馬車

めまぐるしく移り変る現代社会の裏の裏のからくりを、寓話の世界に仮託して、鋭い風刺と溢れるユーモアで描くショートショート。

星新一著　エヌ氏の遊園地

卓抜なアイデアと奇想天外なユーモアで、夢想と現実の交錯する超現実の不思議な世界にあなたを招待する31編のショートショート。

星新一著　盗賊会社

表題作をはじめ、斬新かつ奇抜なアイデアで現代管理社会を鋭く、しかもユーモラスに風刺する36編のショートショートを収録する。

星新一著　ノックの音が

サスペンスからコメディーまで、「ノックの音」から始まる様々な事件。意外性あふれるアイデアで描くショートショート15編を収録。

星新一著
夜のかくれんぼ
信じられないほど、異常な事が次から次へと起こるこの世の中。ひと足さきに奇妙な体験をしてみませんか。ショートショート28編。

星新一著
おみそれ社会
二号は一見本妻風、模範警官がギャング……。ひと皮むくと、なにがでてくるかわからない複雑な現代社会を鋭く描く表題作など全11編。

星新一著
たくさんのタブー
幽霊にささやかれ自分が自分でなくなってあの世とこの世がつながった。日常生活の背後にひそむ異次元に誘うショートショート20編。

星新一著
なりそこない王子
おとぎ話の主人公総出演の表題作をはじめ、現実と非現実のはざまの世界でくりひろげられる不思議なショートショート12編を収録。

星新一著
どこかの事件
他人に信じてもらえない不思議な事件はいつもどこかで起きている——日常を超えた非現実的現実世界を描いたショートショート21編。

星新一著
安全のカード
青年が買ったのは、なんと絶対的な安全を保障するという不思議なカードだった……。悪夢とロマンの交錯する16のショートショート。

天国《てんごく》からの道《みち》

新潮文庫　ほ－4－51

平成十七年九月一日発行
平成二十三年五月三十日十二刷

著者　星《ほし》　新《しん》一《いち》

発行者　佐藤隆信

発行所　株式会社新潮社

郵便番号　一六二－八七一一
東京都新宿区矢来町七一
電話 編集部（〇三）三二六六－五四四〇
読者係（〇三）三二六六－五一一一
http://www.shinchosha.co.jp

価格はカバーに表示してあります。

乱丁・落丁本は、ご面倒ですが小社読者係宛ご送付ください。送料小社負担にてお取替えいたします。

印刷・株式会社光邦　製本・株式会社植木製本所

ISBN978-4-10-109851-7 C0193